真诚的阴谋家 诸葛亮

顾念 著

哈尔滨出版社
HARBIN PUBLISHING HOUSE

图书在版编目（CIP）数据

流马飞灯：真诚的阴谋家诸葛亮 / 顾念著.—哈尔滨：哈尔滨出版社，2018.8
ISBN 978-7-5484-3741-3

Ⅰ.①流… Ⅱ.①顾… Ⅲ.①长篇历史小说－中国－当代 Ⅳ.①I247.5

中国版本图书馆CIP数据核字（2017）第286431号

书　　名：流马飞灯——真诚的阴谋家诸葛亮

作　　者：顾　念　著
责任编辑：翟嫦娥　邹德萍
责任审校：李　战
封面设计：源画设计室

出版发行：哈尔滨出版社（Harbin Publishing House）
社　　址：哈尔滨市松北区世坤路738号9号楼　　邮编：150028
经　　销：全国新华书店
印　　刷：哈尔滨久利印刷有限公司
网　　址：www.hrbcbs.com　　www.mifengniao.com
E-mail：hrbcbs@yeah.net
编辑版权热线：（0451）87900271　87900272
销售热线：（0451）87900202　87900203
邮购热线：4006900345　（0451）87900256

开　　本：787mm×1092mm　1/16　印张：14　字数：150千字
版　　次：2018年8月第1版
印　　次：2018年8月第1次印刷
书　　号：ISBN 978-7-5484-3741-3
定　　价：32.80元

目录

流马飞灯

——真诚的阴谋家诸葛亮

目录

流马飞灯

——真诚的阴谋家诸葛亮

第一言 荆州来

诸葛孔明

天下已经很乱了。变故也愈来愈多。自董卓死后，大家本以为北方五十万钱一斛的粮价能够降下。谁知董卓部将李傕复出，带兵重回长安，粮价迅速由五十万一斛升至百万钱一斛。视野之下，满地尸骨。

而在南方，曾经有谣言说通往荆州的盐道被兵乱封了，盐价立刻涨至二百五十贯一袋。一地主对盐商说，兄弟可不可以不要二百五啊，实在太贵了啊。盐商拍着他的肩膀告诉他说，你以为我愿意二百五啊，二百五二百五的多难听啊。地主见人家都这么说了，只好从家里拉了五车铜钱换回了几袋盐。而另一年传闻黄巾余孽即将到达南阳郡，房价立刻大跌，三个铜钱一栋房，一个媳妇只需一个萝卜。一房产商死前泣血说，是不是房价到了一千八百年后才会涨啊？

而在这之前，叔父刚从故土遥遥千里到达豫章做那里的太守。我和弟弟诸葛均问叔父，是朝廷让你到那里做太守啊？

叔父说，是的。

我们终于到了豫章，但没过几天，叔父紧张地说，朝廷知道我在豫章做了太守，派了个人叫朱皓来顶替我。我们又需离开。我弟弟不解说，朝廷刚让您来怎么又让您走?

我见叔父有些难堪，便对弟弟说，现在是乱世，各种朝廷很多。

叔父深沉地看了我一眼，顿了好久才叹说，这次是李傕的朝廷。

那时董卓已死，叔父被袁术表为太守，但不久我们得知董卓部下李傕重新占据了长安。

叔父对我说，朱皓要来接替他，也必须对他用兵。他眼下只有投靠刘表，问我是否应该集结郡兵抵挡朱皓一阵，以示对刘表的忠心。

我想了想说，那倒不用了，现在各种朝廷很多，不知道天下会是谁的，叔父还是不要和一方死敌为好。

叔父说，好，你比我聪明。

行程中，叔父一路上大骂乱世，一路表扬刘表如何如何重视人才，如何单身匹马赴任做到大名鼎鼎的荆州牧。

叔父说现在天下只有荆州安定。一路上我们看到了很多难民都和我们走同样的路线。一个难民大哥看到了荆州地界的标志，激动地喊叫，荆州，我来了。喊罢立即累得晕倒在地。

由于兵乱和各种各样不可预料的变故太多，我们到达荆州的路程很是不易。

我第一次见到了刘表，他和叔父互相致了礼，然后拥抱了一阵。

刘表看样子很高兴，不断地叫我叔父的名字，刘表的麾下一起鼓掌欢迎。

刘表高兴地对我叔父说，现在我这里人才特别多，你看这个这个都是好人才。你要是早点来我就早点高兴啊。

刘表指到的那几个人都纷纷点下头，冲叔父笑了一下。叔父也赶紧挨个笑一下。

我觉得刘表和我想象中的有些差距。他的麾下看上去有才能的人很多，但却都像是萝卜被摆放在摊上准备出售，这点从人才座次的排列就可以看出。刘表的人才从左到右，一律是长得矮的在左边，长得高的在右边，排列匀称，齐整无比。

叔父也感激地对刘表说，是啊，我应该早点来啊。

然而到荆州还没几天，叔父就病逝了。

第二言 师如父

诸葛孔明

宛城的张绣与许县的曹操经过数年征战，张绣的婶娘终于被曹操占据，张绣跟着曹操一同回到了自己的老巢。曹操也终于要和袁绍展开决战。

然而在广阔的荆州境内，人们大都和平生活。虽然上层人物和各种志向宏大的人极其关注重要战况，我亦未曾例外。然而自叔父死后，现实问题是我已到了娶媳妇的年纪。而且我不知道自己将来的女人会是什么样子，是如当世蔡文姬般通文善理还是如古时西子般天生丽质。

第二日，天气晴朗。照例读完新的乐谱和几本古籍，徐庶便来到我家中。

徐庶一来就激动地对我说，你看这次袁本初和曹孟德谁胜谁负？

这些是我感兴趣的话题。我立即就对徐庶做了解答。我分别从十二个地方，每个地方分成十四个小节跟徐庶做了分析。徐庶一边仔细听着，一边用笔记下来。最后，徐庶问我，你看到底谁最后会胜利呢？

我拍了拍徐庶的肩说，到底谁会胜利其实要打过之后才知道。

我那时已将全国的地理、军阀割据的人物性格以及家庭状况分析透彻。而之前数次军阀的战役都曾如我预料，失败会失败在什么地方，胜利会胜利在什么地方。徐庶原是剑客，因为天下大乱，人人都成了剑客，徐庶便决定改做大事。

他听说刘表的荆州云集了不少学校和名士，便找到了庞德公要求拜师，而庞德公也恰是叔父给我找的老师。

庞德公问他，你以前是干什么的？

他告诉庞德公自己以前的梦想是侠士，曾想闯荡江湖。庞德公说，当侠士是好的，但是不能杀人知道吗？徐庶说，已经杀过了。庞德公吃了一惊，随口就说，杀人是要遭报应的知道吗？徐庶说，已经报过了。

庞德公正要开口，徐庶把剑抽出来说，师父你可否看看我练剑。

庞德公未置可否，正待惊诧，徐庶说，能否到院子里。

庞德公惊魂未定，徐庶抽出剑，立即舞了一通。

舞完之后，徐庶说，师父你看我武功还有些吧，但是这没有什么用，当今天下，剑客都不能自保，更不能用侠肝义胆来救民，只有像师父这样胸中有平天下的大才才能拯救百姓，我今后希望跟着师父学到真正的本领，修身治国平天下。

庞德公见徐庶十分豪爽，略微松了一口气，又见他自始至终都正气十足，便对他生了好感。庞德公对他说，少侠我也没有什么才华。但我有个学生叫孔明，他年龄也比你小很多，他每次来看我都起得很早，我尚未睡醒，他就拜在我的床榻下。他如此用功，你如果也能做到，我不妨收你。你如果想学习可以来找我，也可以与孔明一起学习。

后来我便在庞德公家里认识了徐庶，那时庞德公的侄子庞统和我都很佩服徐庶的江湖经历。我便让徐庶讲述他的过往故事，每当我们听说他告别了他的武林兄弟打算从文时，我们都唏嘘不已。

那时虽然我年龄最小，但庞德公却最喜欢我，他说原先他以为他侄子是天下最聪明的，后来我来了，才看到了“楼外楼”。庞德公有一次兴致勃发，对我说，孔明你是当今天下卧于草野的龙，终有一天你会很了不起的。自此，我便被他和他的朋友唤作“卧龙”。后来他的一个朋友说，现在天下有龙了，还缺少一只“凤凰”，你看。

庞德公说，举贤不避亲，我看“凤凰”就让我侄子当吧。

我那时还不满二十岁，心里自然高兴。

而我更高兴的是有了徐庶这样一个朋友。我从他身上看不到过去的侠肝义胆的影子，看到的是沧桑忠厚和稳健。

有一次我和徐庶一起出游，碰到一少年背着一根棍子跑，后面有一群人在喊，小强，你站住。

徐庶伸手敏捷地奔跃过去拦住那少年道，小弟，你叫什么名字？

我提醒说，后面在叫他小强。

徐庶道，小强，后面是你父母？

小强说，你让开，我要去闯荡江湖，当大侠。

徐庶听罢当即就很激动，对那少年道，我过去就是大侠，现在我为什么不当大侠了？当大侠并不是和你想的一样。

徐庶拽着小强对他讲了半天，小强家的大人纷纷赶上，其中一个大人感激地对徐庶说，多谢大侠拦住了我们家小强，大侠喝点水吧。

徐庶说，我不喝水，千万要记着，坚决不能让孩子去当大侠。

家长一边把两腿乱蹬的小强死死抱住，一边感激地点点头说，大侠，我们全家都很感激，大侠放心，我们就是死了也不能让孩子去当大侠。大侠，那我们就先回去了。

而在我家中，当面前的徐庶问我是曹操胜利还是袁绍胜利的时候，他已经从一个剑客转变为一个谋士了。

我对他说，如果曹操胜利，将来连荆州都是曹操的。你若择主，会选择曹操吗？

徐庶说，我知道你一向以圣贤礼义为榜样，信奉君君臣臣，轻视像曹操这样背主的枭雄，而我又是你的朋友，所以我将来做官，一定不会做曹操的官。

我说，有朝一日我们要一起做官。重要的便是要在一起。

徐庶应了一声，与我都陷入缄默中。普天之下已无明君，我们又到哪里去做官？

第三言 齐鲁人

徐元直

天下正乱的时候，我正是剑客。

我原名福，后来杀了一个作威作福的人，于是改名为庶，意思是庶民。

我十岁的时候觉得自己不能光在家里练剑，于是决定出去。

十五岁的时候我已经结识了一大帮朋友，有一次一个朋友告诉我要召开武林大会。

大会上我问他们你们是哪个剑派的，有的说是泰山派的，有说是华山派的，还有说是太行山派的。他们问我你是哪个派的，我说我还没有派。

他们说我看你不错，要不你加入我们泰山派。但是华山派也说我也看你不错，要不你加入我们华山派。

我正未置可否，华山派的一个人提议要和泰山派比试剑法，决定哪方取录。我看着他们比试完。华山派胜了泰山派。泰山派的一个人说我主要是早上没吃饭。

但是他这个话立即被他们本派一个人拆穿了，他的师弟说你说谎，我亲眼看见你早上吃了两碗大米饭。

我说甭管你们吃了几碗饭，我也要和你们都比一下。

比完之后，泰山派、华山派和太行山派一起对我说，老大，你没有派，但你是实力派的。现在天下大乱，我们跟着你混。

我说我是一个仁侠，我们今后要做仁义的事情。

不久之后，我一个朋友的妹妹被一个财主抢去做了十四奶。那朋友的妹妹的未婚夫前去报仇，结果被财主的马车当众撞死。我的朋友告到官府，官府建议我们私了。

我说自从我出生以来这个天下就是反着的。我要用剑把它正过来。

我把那个财主杀了。但是官府这次没有建议私了，出动了大匹人马将我抓住。

官府在狱中用尽酷刑问我叫什么名字。但他们无论怎么问我，我始终不说。

最后我的一帮小弟将我从狱中救了出来，十几个小弟在劫狱的途中被官府屠首。一个小弟临死前对我说，老大，咱们帮派发扬光大的任务就交给你了。这是我家的武林秘籍，十招定乾坤，我一直没舍得练，老大，你，你好好保管……

我开始怀疑真的用剑能定乾坤吗?

我逃回了家中。我回到家一看，我的母亲苍老了许多。邻居对我说，自从你十岁离家出走，你娘没有一天不在夜里号啕大哭。你是个不懂事的孩子。

我跪倒在地上和母亲一起痛哭。

不久之后，天下愈来愈乱，有一位先生对我说，天下大乱，你作为男儿该怎么办?

我说，我已经不做大侠好几年了，我要照顾我娘。

先生对我说，天下乱未必全是坏事，汉室已经衰微，将来得天下的人还不知是谁，你作为男儿要学大略，将来遇到一位明主，用你的大略使这个天下拨乱反正，要学经天纬地之才。

我说，先生怎么称呼?

先生对我说，在下叫胡昭，表字孔明，你看我比你大不了多少，你可能知道我们郡中人才济济，没有成大事者是像你一样做大侠的。

我说，先生可否教我?

先生说，不瞒你说，我刚从冀州归来，你知道袁本初吗？那人想让我去做官，我不想做，现在刚回来，曹孟德又让我去做官。你知道曹孟德吗？

我说，袁本初和曹孟德都知道。我以前听我小弟说，天下谁人都可以惹，这两人不可以。

我以后得知胡孔明是我家乡最出色的名师，他是真正有才学可以定乾坤的人。可惜他那时很忙。最终我听说他从曹孟德那里回来躲到了陆浑山躬耕种地。

我去找他，他给我推荐了许多名师。我问他你为什么不做官，他说我没遇到合适的。六年后，他对我说，你学得差不多了。你可到荆州去，现在那里太平，而且将来得荆州者必得天下，而且得到荆州的人必定是一位明主。

我问他你为何知道荆州的是一位明主。

但他只是笑笑，并没有说。

我便和同乡石广元举家到荆州去。

我听说荆州庞德公是那里最好的名师。

于是我便拜其为师。在那里我认识了诸葛孔明。胡孔明大我十余岁，而诸葛孔明又小我十余岁。我看见这位身着干净白衣，不怒自威的年轻人，就像看见我少年的时光，但我明显比之不足。

他长得英俊霸气，看起来傲气十足，但说起话来语调却极为亲和。我们互通姓名，相互拜会。

我第一次见他便问他，叫亮的有很多，我们村也有两三个。可是姓诸葛的我是第一次听说。

他说，我有一位姓诸葛先祖，这位诸葛先祖很出名，只要是人都知道，你知道吗？

我说，我不知道。

他说，我们诸葛祖上原来姓葛，出自齐国诸城，所以葛前加诸，是谓诸葛。我的先祖诸葛丰是先汉光禄大夫，是古往今来最好的司隶校尉。而司隶校尉又是那京城中最荣耀的官职。

他无父无母，是个可怜人。本来有位叔父，但不久也死了。

他学习非常用功，我本来以为自己是最用功的，但见他之后自愧不如。

他是个什么都学的人。我问他学那么多有用吗？他笑了笑说，有用。

他有很多来往的人，他称他们为朋友，但我知道其实他没有一个朋友。

他很不谦虚，总是拿自己跟他们齐国的宰相和大将相比。

他对人非常真诚，他很直接地对我说，我可以做宰相，而你可以做个刺史。

我知道刺史虽然是大官，但和宰相差之千里。

他从不求人。他说我从小无父无母，没有这个习惯。

但是有一天从不求人的他却对我说，能否帮我一件事。

我说，何事？

他说，帮我找个媳妇。

我说，我的媳妇是娘给我娶的，你虽然无母，但是女人那事情，真不是事情，你这样的相貌和人才招之即来。

他说，你不懂。

我说，我是个男人，会不懂女人的事？

说完后我自己也笑了。

他说，我不想要个一般的，你看，天下三妻四妾者多矣，但那不叫婚配，真正的婚配就像那些千古流传的爱情佳话。你的男人是人，你的女人也是人。

当我遇见诸葛孔明之后，就像以前那些武林上的人以我为重，而我却只能以他为重。

第四言　襄阳会

诸葛孔明

襄阳城内要举行一次空前的会议。襄阳城的主公刘表非常高兴，这次会议的主题是关乎荆州未来的上策。所有士族都被邀请参加。刘表决定在襄阳城最空旷最高大的望北楼举行这次全民会议，很多荆州境外的士族也赶来参加，其中来自河南颍川郡的司马徽则成为我的另一个老师，我的老师庞德公因为是襄阳的士族领袖，所以被刘表请进了前台。

望北楼的场地上云集着各个诸侯的间谍，紧张治安的卫士，和纯粹来看热闹的平民百姓，个个饶有兴致。

会议开始，刘表站在望北楼的城楼上讲话，大致是说荆州不负众望，趁曹操和袁绍决战，抢占先机夺取了南阳郡，而现在胜利不等于长期胜利，大家必须想出长策、良策和上策，以保荆州长治久安。

刘表青年成名，中年辉煌，四海之内名声最响，却最注重像他一样有名气的名士大家。在望北楼的前台，坐着一个个白发苍苍的大家。这些未来不久的人在讨论荆州的未来。

由于人们亲眼目睹了刘表的威严，会议变得紧张庄重起来。

会议到了挨个发言阶段，一个名士站起来说，现在荆州境内十分安定，北方却打成一片，这正是天公在保佑我们荆州，我祝我们荆州长治久安。

又一个名士站起来举例说，大家知道吗，在下的老家原先是京都洛阳的，后来洛阳太乱了，一天换一个下令的，我每天都害怕，什么失眠心悸都来了。有一天我做梦看到了一片白茫茫的水，就问我媳妇，我媳妇说那水是长江水，我们就想法子到了荆州，结果到这边一看，好，我媳妇自从喝了长江水，我自从见了大名鼎鼎的刘表，我们全家现在越来越幸福，再也不用担心兵乱，我现在一天能睡好几个时辰，心也不悸了，手心儿也不经常出汗了……

刘表以仁慈和蔼著称，见状即打断，对他关切地说，呵呵，你看如果你以后还失眠的话可以按自己的这个劳宫穴，你看，就这样……

刘表将自己的左手掌握成拳，对着全场讲述劳宫穴的位置和按压方法，于是全场一起按压劳宫穴。

会议到天黑时终于进行到了大计阶段，场上各位名士分成了五派观点，一派提议固守荆州，继续加强教育改善民生。另一派提议应攻占北方的疆域。第三派提议暂时不动，但要继续和各个交战不交战的诸侯搞好关系，以便到时瓜分疆土。第四派提议要和袁绍搞好关系，认为袁绍必胜。第五派提议要把江东孙策的地盘占据，以防止后方起火。由于五方观点不一，且各自有理，仿若荆州正在成为天下的主宰，一举一动便将决定天下大局。忽然场中有一个人说，让我的弟子来说两句吧。

这个人叫司马徽，由于和庞德公关系很好，后来也便成为我的老师。

司马徽指着身边的一个年轻人说，这是司马懿，早年在南阳的时候，擅长看人的太守杨俊曾对司马懿的才智赞赏有加。

司马懿站到场中间谦虚了一阵说，小生本来没有什么可说的，但是恩师让我说，小生就说两句吧。小生就说说白马将军公孙瓒，公孙瓒的武艺与昔日名震京城的吕布齐名，公孙瓒以勇猛著称，早年曾经是北方势力最强大的一支诸侯，令人闻风丧胆。公孙瓒早年的时候一次身边只有五百骑兵，而周围云集了三千敌军，他的手下都很恐慌，公孙瓒说只有冲出去才能胜利，结果公孙瓒大获全胜。而当公孙瓒成为

诸侯后，却变得贪生怕死，将自己锁闭在阁楼上，终日固守自保，结果被袁绍蚕食而诛。

司马懿声音洪亮，我一眼看出这人是个人才，就像别人看出我是个人才一样。公孙瓒的事属于最新发生，在场的人无不为公孙瓒感到遗憾。司马懿讲完，重新站到司马徽的身边。这时刘表等聪明人已经听出司马懿的话外之音。但刘表却似乎并不高兴。

庞德公和司马徽都因为是远近闻名之士，英雄相惜，关系便亲密。这时见司马徽的弟子发言，便高兴地对刘表说，主公，我也有个学生，叫诸葛孔明，能否也让他说两句?

刘表敬重庞德公的名声，此时虽然并不高兴，对他道，那就说说吧。

由于我在平民群里旁观，离前场较远，这时虽然已经听见，想立刻进去却并不容易。

这时只听见庞德公说，孔明前来。我则示意地朝着老师点头，挥舞着袖子朝前赶去。

这时刘表看出了正在人群中向前挤的我，见又是一个少年，而这个似乎更加年轻，心里便更加不悦。

刘表一皱眉，一挥手说，算了，庞公心意孤也领了，但看下面人多，上来很难，还是安全紧要。

刘表刚说完，我已经挤到了台前，眼看一只脚就要踏到场上。我看了刘表一眼，刘表也瞅了我一眼，互相眼里神情复杂。但荆州主公一言既出驷马难追，我只得把那只脚又从场上挤下来。

刘表看了看全场，见气氛热烈，总结说大家兴致高涨，看法他已铭记在心。刘表话音未落，一个在场上热烈讨论的老者由于体力不支，当场晕倒，刘表派人到府邸救助。关于荆州未来的讨论因为一个老者未来堪忧就此结束。

事后，我们便一起来到了庞德公家里，与此同时，我见到了司马徽和司马懿。司马徽在庞德公家里逗留了三天，庞德公为我推荐了司马徽。谈吐之下，毫无例外，我受到了司马徽的赏识，我也便拜其为师。

他的族人弟子叫司马懿，家世显赫。庞德公与司马徽闲聊时，我和司马懿则单独出去。

司马懿是个性格沉毅的人，由于天热，我们一起到井中汲水来喝。

司马懿对我说他走过了很多地方，这次在荆襄地区真正看到了人才。

司马懿强调说这些人才不是刘表的人，而是在庞德公家里的人，包括我、徐庶和庞统。我问他以后有何打算，他叹说能有什么打算，现在朝廷不像朝廷，我们生不逢时，只打算以后隐居读书。

我说，我也是，我在北方看过许多官宦子弟为避战乱而读书，但他们并不是真正读书。司马懿说，听说你叫“卧龙”，说实话起先就听师父说过，那时我看不起你们什么“卧龙”，但这次见到你，实在觉得自愧不如。

我当下觉得司马懿远非一般人可比，他目光精朗，有徐庶的侠气，也有官宦子弟的傲慢和不羁，而却绝非俗人。

司马懿试探着问我，你觉得刘表怎样?

我说，刘表很好，但我却不想在刘表麾下。

司马懿说，为何?

我说，刘表手下并无真正有才的人，可见刘表无真正治世之才。

司马懿说，你挺聪明的。

我说，没有没有。

他说，你不必谦虚。

我说，没有没有。

他说，你具体有何打算。

我说，说实话我很迷茫，我已十八，还要娶媳妇，但我也不想娶一般的媳妇，也许我会去种一辈子地。你知道这里不是我故乡，我大哥早前就为生计投奔了他乡。我小时候乱了一辈子，和叔父到这里本想依靠，叔父却也……对我来说，我并无真正圆满的打算。

他说，孔明，你挺真诚的。

我笑了两声。

司马懿喝了一口井水说，好甜……天无绝人之路，相信一切都会好。未来不可预料，我们现在能坐在这里一起喝甜水，将来也可以预见一个太平年，到时再在一起继续畅谈。

我说，会的。

第五言　曹和袁

诸葛孔明

司马懿走后便给我来了一封信。信中大多是抒发苦闷之言，以及对天下形势高谈恣肆之论。我觉得和他有很多话说，便很快给他回了信。生于诸侯互相兵伐的年代，好男儿大都喜欢军事政论。我在信中看到司马懿谈吐不凡，胸怀大志，便觉得这个朋友实在不错。司马懿说他喜欢楚国名将项燕。

他说英雄只需出现一个，就能力挽整个大局。他说我们要做就做那样的人物。我看信时便在心里说，是的，定是会的。司马懿说你知道吗？英雄如项燕者，即便失败，也受到历史的垂怜，其子孙终能亡秦。我在心里看着信说这个当然知道。

我很赞同司马懿的英雄观。从先古至今朝，并非大局不能定，而是缺乏力挽狂澜的鼎足英雄耳。但孟子说社稷为重，君王为轻，兵法再通，也终究不过是治世的一种手段。我很快给司马懿回了信，我告诉他我喜欢燕将乐毅，而且并不单单是因为乐毅的战功。乐毅占领齐地，但善于安抚齐地百姓，且不畏君王，这是真正的英雄。

之后我和徐庶便继续在襄阳读书。北方时局混乱，曹操和袁绍打得不可开交。曹操因为把张绣的婶娘霸占了，导致张绣反叛。我们曾听说曹操后院起火了，便以为曹操此次必败，谁知这消息居然是两年前的旧闻。我们还听说曹操被部将杀了，他的部将拿着曹操的头去找袁绍领赏。袁绍当即给这个部将跪下，并且亲自下厨给这个部将杀了一条黄河里的鱼，并给了他一座城。

建安五年的春天着实让人不安，而清明过后夏天终会要来。当人们在谈论曹操的大将关羽万人之中诛杀了袁绍的爱将颜良，这场大战便自始至终成为荆州人的谈资。

有一天我和几个朋友照例在家中谈论这场说不完的战役，家里周围的人都知道我家中远比城中说书的要精彩，于是在我家中聚集了很多人，很多人自带烧饼来听我讲述天下政论。徐庶说，曹操果然厉害，几场战役都胜了，看样子最终谁胜谁负难以预料。

我说，正是，曹操并没有袁公四世三公的威名，而他就是从一个个战役中打出来的。曹操的四周到处有群雄割据，然而他却令人闻风丧胆，因此他是有真本事的人。

这时一个人问，孔明能不能帮我们讲讲张绣，他叔的媳妇有多好看？听说是被那个曹操那个了。给我们讲讲这个。

我说，这曹孟德虽然是有真本事的人，但是奸诈得很，看人家女人漂亮便抢而据之。

那人咬了一口烧饼说，哦，是这样，那能不能说有多漂亮？

我道，这我未曾见过，但曹操贵为一方诸侯都能看上，应当很漂亮。

那人听到这里气愤地说，妈的，好女人都让狗给抢了。

徐庶对他嬉笑说，我看你倒像狗。

那人说，不是不是，你看你能不能学学孔明，多给我们讲讲正经的。这张绣我好像听说过。

我道，正是，这张将军一直和我们荆州主公联合抗曹，但是他打不过，两次都投降了，第一次因为曹操占了他婶娘反叛了，第二次又主动投降。

有一个很久不说话的人说，这个人我听来听去就知道投降，你说他叔的媳妇都被人家用了，还好意思一直投降。

我道，这没有办法，谁强谁就可以欺负别人。

这时有一个邻居站起来说，孔明你看我强不强。

我看了看他说，你挺强的。

咬烧饼的人也站起来说，孔明我怎么样？我强吗？

我看了看对他说，你也挺强的。

有一个人站起来说，你看看你们强什么强，要强早封侯拜爵了。来，孔明接着说，别理他们。

我说，前面已经说过了，袁绍兵多，至少有几十万人，曹操撑死了能有十万人，但是这曹操聪明，现在还无败仗。他的大将关羽一个人就从万军中把袁绍最爱的大将颜良给斩了。

听的人都睁大眼睛，几个人还唏嘘了几声。我说，其实这个打仗并不只靠兵力。兵法上说两军交战一曰道，二曰天，三曰地，四曰将，五曰法，这将领也很重要，很早以前灭秦的楚霸王几万人就击败了秦军数十万人。

在场的所有人都嘘了一声。

徐庶说，是必须看将领，要看这将领如何筹谋这场战事。

我说，正是，如果在下我是袁绍，我有这么多兵马良将，就谁都能平定了。那就是因为我有像管仲乐毅这样的济世之才。大家可以看一下，历史上只要出现一个英雄，就能掀起一场风云。

我说到这里，全场鸦雀无声。

过了会儿一人问，这管仲乐毅是谁？

徐庶说，都是古代的先贤。一个是治世能相，一个是功高盖主的将军。

徐庶说完，那人站起来捂着肚子笑了起来，看了我半天，说，孔明，你这次玩笑开大了。我媳妇给我挖了竹笋，我先回家了。哈哈，孔明真逗。

在场的人除徐庶外都笑着散开了。

第二日，我开门出去，周围的人一见我都上下打量后笑着对我说，孔明，听说你

自比古代的丞相和大将……

说完这些人捂着肚子走开，而我则还要去庞德公家里修习典籍。

第六言 今以往

诸葛孔明

自叔父病逝后，我的两个姐姐先后由庞德公出面嫁给了荆州的高门大户，其中一个姐姐则近水楼台嫁给了庞家。而我年纪已经不小。虽然我常说自己是管仲乐毅，并且毫不在意高邻们的冷嘲热讽。

他们对我说你应该谦虚，像古代那些圣人一样。但谦虚是谓美德，我自然知道什么事情应该谦虚，而什么时候谦虚便是虚伪。就像我知道自己的才能，自己是什么样的，便只能说成是什么样。宰相并不是非要锦袍玉带，你心中是相，你便是相。徐庶和几个朋友都知道这些，便渐渐缄默。

终于，姐姐们为我安排了相亲之约。对方家里是襄阳一处开酒馆的，叫琴。

我们单独在一个面馆见面。

琴一见面便问我，你家里盐多吗？

琴长得还算漂亮，但我家里盐实在不多，于是只能回答实情。

琴迟疑说，你人还不错，但你家里没盐，以后过日子踏

实吗?

见我犹豫,对方又重新拾起表情说,听媒婆三娘说你家里世代做官,你考虑以后做官吗?

我说,大隐隐于市,自然想做官。不过我家道中落,恐怕……

对方说,听人说你这个人志向不小呢,还想当老大的官,想当丞相,是这样吗?

我一听对方真是知根知底,于是便不能隐瞒。答道,是有这回事情,但那事出有因,当今天下非常混乱,我之所以那样说,便是想求有一治世安邦之才。

琴说,原来是这样,那你当不了丞相怎么办呢?

我一时被难住,而我经常对我的朋友们说小官只能由他们来做,于是只能实情告知。答说,我做官只是为了与百姓做主,并不是有多么稀罕。

琴说,原来是这样。

我被对方仿若审视犯人般查问下来,直感到从未有过的卑微,正无处安身,忽然听得面馆门外一阵骚乱。

我匆忙出去面馆门外。

人群一阵骚乱,我随着几个人向骚乱的地方走去。走了几十步,在一个开阔处,终于发现了一大群人。远处墙边站着一伙劫匪。外面围着一群百姓分站两边,中间则是一群官兵。

我四处环视这阵势。因为一队官兵在此,不断有胆大的百姓拥挤过来,一些女人也拥挤过来躲在男人后面,眼里露出看热闹的神情。突然不经意一瞥,远处一棵树下站着一个素裙白裳的女子。我觉得那眼神分外恬美,她略带惊切地望向这里。

而她只在远处的树下静静地站着。

城上的劫匪喊话说,你们的条件不能答应。我们要杀人质了 。两个劫匪随即拉过来一个人质。

官兵首领把剑一挥说,不要杀人,你们的条件可以考虑。

劫匪头子越发愤怒了,问那人质说,跟他们说,你想不想死。

人质已经吓得瘫软,说不出话来。劫匪头子见势给了人质一耳光,对他说,对着下面喊,就说你不想死,你很惨,你还有一百个妓院没有逛,有三十个爹娘还要养。

你现在被我抓了，我马上就要把你杀掉，你现在心里一定很痛苦，一定不想死，你要把这种想法表现出来。对着他们说，让他们同情你，知道该怎么做了吧？把那种痛苦的表情，用声音，用肢体动作表现出来。

另一个劫匪说，大哥，在这种情况下，还是要结合实际，最好让人质把真实想法表现出来，不能太肉麻了，要的是大家的共鸣。

随着军队一支一支调拨过来，底下的官兵越来越多。此时我已经大约听明白了情况，这伙劫匪想要一千两黄金，并希望能安然出城。而官府上面还没有商量好，官兵只是在和劫匪僵持。

这时一匹快马赶到，上面的批文已经下来，见官兵首领拿着批文说，上面的批文只给二百两黄金。

劫匪说，妈的，跟你们上头说，老子这里总共有三十条人命。不给一千两绝对不行。

官兵首领也急了，说，一千两黄金都给了你，上头还吃什么喝什么。

此时围观的老百姓都在想，是啊，不能给得太多了，给得太多了，上头还怎么吃香的喝辣的。

我见官兵们如此行径实在不利于解救人质。于是挤开人群，对拦住我的一名官兵说，我叔父是诸葛玄，是当今荆州牧刘景升的亲戚。能否让我和这上面的好汉说两句？

官兵正在发愁，看见我上下打量了一会儿，问说，你是主公的什么人？

我说，在下和主公家里是世交。我叔父是豫章太守诸葛玄。

官兵说，你有什么办法？

我说，主公一贯爱民如子，这里的人质都不能死。将军能否听我指挥？先将众军避后，给好汉们让出一条出城的道。

官兵迟疑说，这个价格还没谈好。

我说，上头已说二百两，这还用再谈？

官兵只好迟疑着命手下都退后，并腾出一条宽阔大道。

做毕，我对劫匪们说，这位将军已经打算放你们出城。你们可将快马牵出来，每

人携带一名人质出城。这是黄金二百两，你们不要嫌少，其一考虑一下这都是官府的钱，可曾见过官府能出这么多钱？其二现在是乱世，官府如真给你们这么多金子，好汉们如再遭遇不测……其三我看好汉们个个气宇轩昂，做事情也定然不会只为了钱财，好汉们如果出城，往北走，北边正是乱世，好汉们最好找个山头。如果好汉们往南走，那里是太平之地荆州，好汉们就购置田地，过起好日子。

只听墙上的劫匪说，你说得好，我们都是大丈夫，这次事情干得大，惊动了官府，我们也很过意不去。另外你说的我们都是好汉甚合我们大哥的心意。我们事情干这么大也不是为了钱财。我们已经答应二百两了，另外我们发现这里有几包盐，我二弟口味重，这就借去一用。

我说，好汉们一言九鼎，几个人质带出城去，不能伤及一丝一毫，否则这几个将军都准备建功立业，快马追将过去……

劫匪说，记得孔子孔圣人说过，言而有信是谓礼，人言合起来是个信……

另一个劫匪说，妈的，别啰唆了，赶紧走。

劫匪们鱼贯而出，迅速找到不远处的北门，往北方而去。

这时一名已经吓软的人质被劫匪丢了过来。围观的平民像避开刀剑一样慌忙逃开，我见无人救治，于是急着查看四周想找人帮忙。这时忽觉背后一阵清风袭来，原来是站在远处的白衣女子。我看清了女子姣好的眉眼。那女子关切地看了看，一赶车的老汉便把人质拉起来，欲放在车上，我急忙搭手。

人质被老汉拉走后，女子留在原地，正欲离开前行几步。

我不知何处来的勇气，快步赶上女子的步伐。我说，姑娘，我与你同路，现今襄阳流民颇多。

女子回过头说，不用了。

我已赶上，说，只是顺路。

那女子不再说话，一路清水盈花，缄默无语。前面即襄阳黄家湾，那里士族才子小有名气。我说道，姑娘可是去黄家湾？

那女子站定轻声说，是。

我想这女子有些羞涩，自己要想些话来说。正待思索。

却听女子柔声道:你好像并不是这里的人?

我说,正是,我家原先并不在南方,只因为天下大乱,所以到此处来躲避。

女子赞同地说,这天下的确挺乱的。

我说,从和帝以来,咱们大汉宦官和外戚横行朝堂已近百年,之后又被董卓李傕摧残洗劫,现在诸侯割据,人民一直处在水深火热之中,天下当真是哀哉不幸。当今好男儿则必须思虑天下,为苍生谋计。

说到这里我叹了一口气。

女子低声说,我从未去过荆州外面,也不了解天下。只是听父亲说过,这天下的确很乱。

我嘴上叹气,心中十分高兴。想眼前这女子果真十分温婉,犹如其表。

我说,荆州的外面的确很乱。曹操、袁绍正在中原逐鹿。

女子应声说,听说过曹操。那人的确有名,好像是作诗的,却又带着兵。

我立即起兴,觉得这姑娘见闻广博,应该有很多话说。

我说,正是,不过带兵征伐才是曹操的主业,至于诗歌,在下并不觉得他作得有多么好。

女子听罢,看了我一眼,说,并不清楚,只是由诗人想到一个人。

我说,什么人?

女子轻声说,是司马相如。

我听了女子的话非常失望,司马相如并不是我所喜欢的人,而他或许为女子所喜欢,但我却没想到眼前这女子也一样喜欢。因为如司马相如此类风雅之士,终究也只是文辞上的风雅。

我说,我也知道司马相如,但是我却不太喜欢他。

女子说,为何?

我道,司马相如与卓文君相爱,那么好的一位佳人,他却并不知珍惜,也三妻四妾。而我娶妻,便只会终守一位,就像你的男人是人,你的女人也是人。但就像现在,男人们却大多对女人不公。

女子道,也许是你没娶妻才那么说吧。

我郑重地说，不是。你看那些男人有了钱便新娶很多妾，就像自己的女人是身上的衣服，穿旧了便换。那些无钱的男人衣服穿旧了也肆意践踏。而这样的事情在这里绝对不会发生。我觉得人生一世，那些外在的并不重要。你看见一个女人或者男人，那是自己中意想要的，你便要对他好，而且是一辈子的唯一。

女子想了一会儿，说，这世间的确对女子挺不公平的，不过这是男人做主的世道，他们好多不看女子的想法。

女子顿了一下又说，我想起一件事情来。

我道，何事。

女子说，只是一句词，不知可以念给你听吗？

我只觉受宠，道，可以可以。

女子说，从今以往，勿复相思，相思与君绝！这是《有所思》的一句词。意思就是从现在开始就不再和自己所爱的那人相思了，是要断绝思念。我想这人定是很痛苦。而且这样的痛虽然很苦，却是值得。

我回味道，是的，我最喜欢这词的名字《有所思》。是也，人的一生，有所思有所不思，而且什么样的人会思什么样的对象。

女子低下头，见我说完，又说，还有一句可以说来听听吗？

我仍旧觉得受宠，道，姑娘但说无碍。

女子说，这就是我最喜欢的卓文君的一句“闻君有两意，故来相决绝”。卓文君和司马相如他们的爱恋是容不得第三人的，一个是勇敢的才女，一个是名满天下的才子，还有比这更好的佳话吗？

我道，正是。卓文君也是我非常钦重的一位女子。你刚才念的“闻君有两意，故来相决绝”，虽然是天下所有女子的心意，然而真正有胆量的却也只剩卓文君。

女子抬头应声道，是的，就是不知司马相如和卓文君后来如何？

我道，想这两句诗如真是卓文君所作，想他们后来便可能分手。

女子道，便是那样就很可惜了。

我道，曾经彼此相恋才是最重要。

女子道，是的但世人却未忘记那些时光。

和这女子谈话，我觉得从未有过的酣畅。回想起在面馆和那个叫琴的女子的谈话，觉得真是天壤之别。但是走过一路风景，面前显现出了我并不熟悉的民居。那女子轻声说，我到了。

我才觉得时光真是极为短暂。于是只能致礼拜别，而自己看那女子走后折原路返回。

我回到家后心想，我生平以来，从未遇女子攀谈如此淋漓。愿得如此相伴之人，如是这样，人生若何?

第七言　卓文君

诸葛孔明

自白马之围后，有关中原大战的消息频频传到荆州。所有年轻以及稍微有些见解的人便拥到酒肆和街上听大家讨论中原战事。而在我家周围很多人知道我擅长讲这些，便要求我来讲述。但我觉得自己连自己的家弟诸葛均都顾不上，自己很忙，便一一拒绝。徐庶也来对我说，孔明，这正是踏青的好时节，可否一起出游。

我对他说实在不好意思，最近太忙了。徐庶兴奋地对我说，有一件事情我要跟你商量。

我说，何事？

徐庶说，刘表请人来让我做官。

我说，何时？

徐庶说，前天。

我说，你去否？

徐庶说，不，你也说过，刘表无大志向，等中原战事一过，刘表的荆州便是别人的。

我说，正是，你看曹操就似猛虎，袁绍虽体形庞大，但只是一头大象。而刘表的疆土虽不如袁绍，却沃野千里，将士十余万，而且现在最厉害的曹操和袁绍互相征伐。刘表如有眼光，至少可得半壁江山，即便是不夺江山，也可保荆州进退从容。荆州若想被夺，便没那么容易。

徐庶说，我一位在刘表手下任职的朋友告诉我说，刘表最近做了一件大事。

我诧异道，什么大事？

徐庶说，刘表最近已经不向皇帝纳贡了。

我大笑说，从和帝以来近百年，天下早已没有皇帝，有的只是专权阉宦和强兵诸侯。而当前刘表仍然把荆州收上来的赋税交给皇帝，这实在可笑。

徐庶说，确实好笑，此次中原开战，刘表生怕袁绍和曹操不放心打仗，分别与两家通好。你最近忙什么？

我说，我最近也有一件事情。

徐庶说，什么事情。

我开心地说，这件事不是男人之间的事，所以不能对你说。

徐庶说，我知道了。你一直为此发愁，但愿这次能于你如意。

自此以后，我接连几日在通往庞德公家的路上故意折回很多路，去到我并不熟悉的黄家湾，想要再次看到那一眼钟情的女子。

这里的人接连几天常看到一青年于此处查看当地地形。一些经常外出的人再出来时，我看到他们手里多了一根棒子。

一次，一位路过的大哥神秘地在我身边站定，问道，兄弟，此处可有黄金宝藏？

我说，在下正在探测，探测出来再告知大哥。

但接连几天始终未能再次见到那女子。我决定进入村中，但自古以来鲜有谦谦君子想要闯入陌生女子家中。于是只能原路踱步回去。

我正要返回，突然下意识一回头，见一女子倩影飘了出来。

正是前日那姑娘。我的心竟突突跳了起来，于是放缓步伐。

待那女子走近，我立刻说道，姑娘，又碰见你了。

女子抬首应了一声。

我说，前日与姑娘相逢，一番交谈还意犹未尽，不想今日又见着了。这里风景极

美，春光大好，仿若画卷。在下姓诸葛名亮，表字孔明，敢问姑娘芳名。

那女子顿了顿，抬首看看风景说，你看就像那风景确是极好，但你我不过是萍水相逢，你会问那花草的名字吗？

我愣了下，想这女子并未如先前设想的那般温婉，于是黯然不知该如何作答。

顿了一会儿，女子抬首道，我姓黄。

我说，可是你们黄家湾都是姓黄？

女子低低应了声是。我说，上次与姑娘谈到卓文君，我受益匪浅，回去又研究了一番。

女子道，还记得。上次念的那句就是卓文君《白头吟》里的一句。据说司马相如和卓文君相处得时间长了，就不再那么爱她，他想娶小妾。卓文君就只好写诗警诫他。

我虽然对这些并不感兴趣，但依旧装作很感兴趣地道，后来呢？

女子道，司马相如看到后就后悔了，想来卓文君真是聪明。

我谦虚地道，我只知卓文君和司马相如私奔，并且开了一个酒馆。他们的爱情佳话由此开始。

女子道，对的，想那卓文君确实大胆。但是想一下，就知道他们都是坚毅之人，所以才会有那样美丽的故事。

我道，姑娘说得对，他们都是有心的人，所以才能和别人不一样。

我又道，我突然想起小时候曾看史书和一本杂话，上面说司马相如虽然才华横溢，但喜新厌旧。我知道他到了长安做官之后，便决意抛弃卓文君。而卓文君也只得用自己的文采来唤回司马相如。不知他是爱卓文君的文采还是爱她这人。我想如果换作在下，这一辈子如觅得知音，是绝对不忍分开的。

女子回过头来看了我一眼。

女子低低地说，对的，想来那长安太繁华了，而他又那么风流。

我道，所以我觉得除了司马相如的文采之外，我并不佩服他的其他事情。长安的繁华已经是过去了。你知道长安为什么是国都吗？

女子道，这个就不知道了。

我道，当年秦始皇统一华夏，都城原先在咸阳，高祖皇帝击败项王之后，他的臣属都觉得定都洛阳较好便宜行事。洛阳位于天下之中。但高祖帷幄之臣张良就为他分析了定都关中的好处。张良说长安更宜坐镇天下，南有陇蜀沃野，北有胡人良骑。北方诸侯若有变故，且有渭水据险。但到了后汉世祖光武帝，他为了节省天下百姓运输之便宜，只能定都洛阳。

女子轻声应了声。

我道，之所以不定都洛阳，那是觉得洛阳四面平坦。光武帝自南阳发迹，而河南居中，洛阳便是京都。那时洛阳有百万户，但不幸宦官外戚专权至今，祸乱朝堂。自大将军何进被宦官斩杀，董卓入主后，此贼在洛阳大肆抢夺，把洛阳抢劫一空后竟令洛阳数十万人迁都长安。

看见女子在安静地听着，我继续道，光武帝英雄才略不输高祖，可惜繁华洛阳被奸人董卓弄得民不聊生。

女子点头道，那倒真是很可惜了。

我接着道，我想起当今的曹孟德有一句诗："铠甲生虮虱，万姓以死亡。白骨露于野，千里无鸡鸣。生民百遗一，念之断人肠。"在下虽然不喜欢曹孟德，但并未觉得他多可恨。天下变成今天这样，着实令人感叹。

女子道，是的。我父亲经常提起他，说他的诗歌向来是很悲苦很雄壮的。

我说，正是。光武帝自洛阳定都后，到现在已快两百年。可惜，我们距其盛世也遥遥多年了。

女子应了一声。

我道，当今的人们都认为光武帝雄才大略，其手下的人不如高祖手下的人。说他手下的人谋不如张良陈平，武将不如韩信周勃。我觉得并不是这样，光武帝天生比高祖懂得谋略，所以他手下的人都比高祖的人过得轻松。因而显得高祖的手下比世祖光武帝的手下功劳较大。但这无非是因为高祖之疏给了其展现功劳的机会而已。但是看看世祖手下的人在具体事情上的做法，便可见其能臣武将并不能分出高下。

女子道，嗯。

我一路跟着这姓黄的女子走着，不知不觉走出郊外。我并不知要去向哪里，而这女子似乎从不愿意问人所难。我想这女子真是甚为特别，若与之相伴一生，此生不知将有多美好。走入城中，我便提议到市中看看。

第八言 玄德公

诸葛孔明

这里恰是西市，异常热闹，买菜的人甚多。我们一起逛着，这时过来一个卖书的。我对眼前的女子道，当今天下，买书的人最少。

女子说，是的。

这时，书贩见我们走过来，说，二位买一本书吧。

我正欲看看，这时一个人跑过来说，老板，有没有最新的刘备，来一本。

老板从最底下翻出一本给他，那人急忙将怀里的银子扔给老板。

我心想，这位读书人虽然知道刘备，但是不称呼刘备的字有些不雅。这心仪的女子在此，我决定露上一手，我对老板说，老板，来本玄德。

老板看了我一眼，又看了姑娘几眼，便从一摞书的底下翻出一本，递给我说，三十文钱。

我拿到书，一边向眼前的女子介绍，一边翻看说，我还不知道这里还出时事的书，时事我所爱也。这个刘玄德就是当今天下的皇叔。

我翻开一看，顿时傻眼，急忙对老板说，你怎么给我这种书？

老板不慌不忙地说，兄弟，别装了，刚才你也说了，刘备是天下的皇叔。这皇叔就是“黄书”。

我暗想果然天无绝人之路，自己虽生于离光武盛世遥遥无期之年，但真是每个时代都有每个时代的有用之处。

我和女子离开。刚走没几步，这时后面有一个人说，来本玄德。

只听老板大声说，妈的，这里只有“黄书”，没有玄德。

买书的人说，老板你能不能文明点，玄德就是皇叔，皇叔就是玄德，你不知道吗？

逛了一阵菜市，我对女子道，当今大汉虽然支离破碎，但你看那些图书，都是用纸张做的。我们现在能够用上纸，张那实在极好。

女子道，对，那些纸张的确不错，我便喜欢用来作画写字什么的。

我道，我原先在北方的故乡琅邪郡，小的时候并没有多少人使用纸张，家父也不会买纸给我。我到襄阳这几年的时候，听说这里的纸张也有从青州运过来的。

女子道，小时候与现在真是不一样啊，只觉很多事情已然过去了。

我道，确是，便有得到的，就像可以用以前那些用不上没见过的纸张。也有失去的，就像小时候那稚嫩的想法。

女子赞同道，你说得真好。

方才我们交谈着，西市嚷乱了起来，原来是西市要斩人了。我对黄姑娘道，我们可否去看看？女子应了声表示同意。

我们来到斩首的地方，已经围了很多人。这女子并不喜欢凑热闹，于是我们只在远处看着。我们刚来，前面的人已经拿着蔬菜。只见场上并排立着十余个等待斩首的罪犯。

一位大哥正在跟旁边的人介绍这些人犯的什么罪。

大哥指着左边第一个人说，你看第一个人是因为驾马车将人撞倒，下车后看撞的人没死，于是又给了两刀。

我诧异道，世间怎会有如此之人，把人撞伤了不思医救，反倒起了歹心。

女子赞同道，确是太残酷了，这比蓄谋杀人更为恶劣。

我道，确是。但我想了想又说，蓄谋杀人那人本身就是罪恶滔天，不可救赎，这人虽是临时杀人，但如果你本身就有善心，绝不至于杀人。所以我还是觉得蓄谋杀人更为残酷。

女子想了想道，你这么说好像也是。

过了一会儿，女子又道，我知道为什么这比蓄谋杀人更为恶劣了。

我道，但说。

女子道，我想，如果这人本身便有道德，那他也不会这么残酷，人们之所以恨他，是因为遇到这么小的事情都要去杀人。

我立时觉得这姓黄的女子真是才思敏捷，高兴地总结道，你说得正是，这人一无担当，二无善心，罪过至此，如不斩杀，恐群众也不能饶恕他。

我道，如果有朝一日法度由我定，必当以严明治之。其一要严格，不能纵容。其二则是明察和公正。

我道，也许有朝一日我真的会为社稷江山制定法律。

女子看了我一眼，低下头道，你当真难懂，一来觉得你非常能干，二来觉得你有特别高远的理想。

我笑道，其实不只是我，即便是先贤管子晏子或当今曹孟德袁本初等人，他们也都只是平凡人。我只是觉得他们想到了很多，且也做了很多。

我觉得和黄姑娘说话淋漓尽致，而且许多并不能和元直一样说得尽兴。我正想说下去，黄姑娘指着前面道，你看那些犯法要杀头的，都后悔了的样子，觉得他们挺可怜的。

我赞同道，正是。

黄姑娘幽幽地说，不知道还有多久杀头，这个场面挺血腥的。我以前也从没看过。

我关切道，那你还看吗？

黄姑娘道，不知道，就在这里站会儿吧。

接着我们在这里站了一会儿。我自己平生并不喜欢血腥，而场上这些没有到秋

天就被斩首的罪犯也让我刺激不小。我想，如果他们读一些明理的书，即便不增长才略，也不至于遭此下场。我看黄姑娘站在春风里，衣裙斜斜地飘起，眼神里透着且柔且深的东西。我不知道她在想些什么，只是我想了很多。

我想，如果不是她喜欢站在这里，我是不会这么站在这里的。

我又想道，这世界有很多人，一个就像眼前的女子一样，是你梦里所思的，而有一些就像场上的那些罪犯和正在世间某个角落继续为害社会的人一样，是你深恶痛绝，但却又无法预见阻止的人。

过了一会儿，场上的斩立决已经完毕，人们的蔬菜也已经扔完了。为了避嫌，人们在罪犯掉头的那一刹那便迅速离去。只有几个流氓还站在场后傻傻地笑。有一个流氓看向黄姑娘这里，我急忙将女子护住。

这一刹那，我便觉得眼前的女子除了我这个男子能够保护之外，再无其他人了。

我们便离开那里，一路与这女子漫步走着，并无话谈。我正待找个话题，女子突然回过头来道，我要走了，还有些事情。

我脱口道，这么快便走？

女子郑重地接着前一句话说道，正是，这是第一次和陌生人出来这么久，恐怕以后便都不能出来了。

我首先吃惊，但又气愤地想，我们遇见已经这么长时间了，这女子仍称我为陌生人，于是心生黯然。淡淡地致礼拜别。

女子竟然和先前一样，轻声应了一声便漫步离去。

我留在原地，仍然想很多。

第九言 谋士论

诸葛孔明

我回到家中不久，便沉溺于读书经略之中。我觉得古籍和当今的文论都有很多瑕疵之处，于是便悉心研究。至于那黄姑娘，我觉得她看不上我，便不再理之。但在家里苦读了几天，我便开始想念她。

一些文士找到我且对我说了一个消息，江东吴郡孙策被刺客刺死。我大吃一惊，孙策好不容易平定了江东，正想和刘表来争雌雄，如今孙策死了，而曹操在北边与袁绍的大战又少了一个强敌，荆州的刘表势必少了一些边乱之忧。

他们聚在家中问我，你看孙策之死会不会影响江东？

我说，不会。

他们道，你对孙策之死有什么看法，你认为对江东影响大不大？

我道，影响是有的，但影响大不大还要看影响之后决定。

他们说，你对孙策之死有什么看法？

我道，我挺惋惜的，你们也知道自孙坚死后孙郎好不容易在江东起兵，至今江东局势尚不稳定，如果失了孙策，江东

难免陷入危局，有待观望。

他们道，听说曹操的谋士郭嘉此前认为孙策应死于刺客，而他现在果然被人刺死了，你觉得郭嘉是否神机妙算？

我道，这个并不好评断，如果我是孙策的谋士，所谓上兵伐谋，动脑筋稍微想一些对策便能应对乱。至于郭嘉其人，我觉得算是一个奇才，有人说曹操如有他便不至于失败，这是胡说。曹操原先的对手无一例外都是庸才，而这些庸才一旦听从身边谋士的建议，便不至于失败，甚至能够大破曹操。

他们道，郭嘉对曹操的十胜论想必你听说了，你认为曹孟德此战能胜吗？

我道，听说了，郭嘉原先是袁绍的谋士，后来能够投曹，这也是我所佩服的，我自然相信他识人的能力，当今诸侯才大者莫比曹公了。

一人对我道，你对荆州有什么看法？

我道，对荆州的看法基本和你们一样。

那人道，能否具体说说？

我道，你哪儿的人啊？

那人说，我荆州的。

我说，荆州哪儿的？

那人迟疑了一下说，南郡的。

我问，南郡哪儿的？

那人抖了一下道，孱……孱陵的。

我自觉和他们在一起讨论极有意思，我自己虽然号称“卧龙”，但不过是庞德公这么叫，庞德公亲近的人再敷衍一下而已。生在当世，虽然对乱汉颇为感慨，但我却越来越发现很多人都是所谓的庸士，正所谓好的谋士，不过用正常的思维多角度地想出了好的办法而已。

孙策十岁时已有名气，不仅继承了孙坚的勇冠和豪气，更比孙坚善于治理，人称江东小霸王。我听说他和同年的周瑜一起娶了江东美女大小乔，但现在没过多久，孙策就死了，只是可怜了佳人。

那些慕名而来的朋友走后，只剩下孟公威、石广元、徐庶等人。

徐庶道，孙策死得真是时候，现在江东刚平，中原动乱，这也让孙策失去了大好时机。

我说，孙策的弟弟孙权才能不在孙策之下，但我不认为东吴可以图谋中原。现在我们荆州稳固，带兵十万可以与东吴对峙，东吴岂能有机会？

孟公威道，听说你最近在研习兵法著作，可有成就？

我道，有，当年孙武以六万军破楚军二十万，不过作兵法十三篇；韩信带兵说越多越好，也不过与人合著兵法三篇。他们的兵法虽然奇谋颇多，但所述并不周全完整，我打算至少著百篇更完备之兵法。

石广元赞叹说，你真厉害。

徐庶说，他厉害的不只是这个。

我谦虚地说，没有没有，所谓兵法武略也不过是安邦定国的手段。

孟公威道，我看孔明既能当三公又能当大将，且是坐镇指挥的统帅。

我摆摆手笑道，不行不行，现在说这些太早。你们看我的兵法之所以还未曾写成，那是因为我还没有领兵，我没有统领大军的经验，所以不会乱写。

孟公威道，你觉得自己能带多少兵？

我说，这个还不清楚，不过以我对兵法的演习，我觉得应和孙武、韩信一样，越多越好。

孟公威看着我说，你放心，你总有一天会领兵的。像你这样的人才是个长眼的明主就会看上。

我道，呵呵，你亦不错。这并无所谓，若无法得到明主，我倒觉得就种一辈子地，读一辈子书，唱一辈子《梁父吟》也甚好。

石广元问孟公威说，你看我能做什么？

我道，你能当郡守或者刺史。

孟公威对石广元说，孔明说得对，孔明你看我能当什么？

我说，你也是。

大家问我，说真的你觉得你自己将来能当什么？

我笑了一下，不知该怎么回答。我望向窗外，柳树翠竹，一派盎然。

徐庶道，我看我们还需要好好学习，你看孔明，几乎没有他不通的事情，但看我们，只会点文墨，连文墨也不如人家。孔明说你们能当郡守，你们就很高兴，孔明自己经常以宰相元帅自居，这样一比，我们哪里能比得上呢。

我笑道，没有没有，你们其实都还好。

大家都笑说，没有没有，我们都还不行。

我道，别说这个了，我最近得师父赠送的新茗茶，待会儿拿出来与你们品享。

第十言 觐景升

诸葛孔明

我曾经幻想商汤周武的勇武，也觉得文帝和景帝那样平顺的年代一定有很多有趣的事情发生。我也在很多夜里梦见自己是光武的臣子或者我就是光武自己，文韬武略，自我从豫章来时看到的宛城带领大军，坐在高头大马上，百姓们拿着大饼挑着井水欢迎我们。我会对他们说，好的，好的，我希望你们都是美满的。然后我觉得这些不太真实，我或者会找一个僻静的地方，读我的书，与我的朋友谈论我的见解。

但即使在这样一个乱世，也有很多所不能比的。我觉得文景虽好，但那个时代并无洁白的左伯纸，不能让我挥毫泼墨，也无当今如此多的豪杰。

不久之后，天下起了一阵雨，一连下了五六天。关于北方之战，荆州人起初表示高兴，觉得可能使中原两大诸侯两败俱伤，不久之后，又普遍担心忧虑。这样一个绵延不断的雨季，稍比平常变换些，便让人忧虑不已。没过几天，司马徽从河南赶到了荆州，前来避乱。

我问司马徽司马懿最近如何，司马徽说他很好，日前在

家读书。

我问我上次写的信他收到没有，司马徽说他收到了，每逢见到他常与我念叨你，但是他因为家庭原因，不可能与我一起来荆州。

我说，仲达是个英杰，我希望他能顺心如意。

司马徽说，是啊，仲达是个好孩子，如果在太平年代一定前途无限。

不久，庞德公差人来唤我去刘表处做官。庞德公认为这是件大事，本想与我一起去。我则说不必了，您身体老迈，多有不便，我也见过明公，自己一个人去即可。

我拿着庞德公的举荐信来到了荆州牧的府邸。

我想我虽然来到荆州已经数年，但除了有两次跟着叔父去见过刘表外，对这朱门还很陌生。

我进入刘表的府邸，府邸中有些气势，荆州不失为天下的大州。

刘表正在内厅和人谈事情，我被安排在外厅等候，外厅与我一样等待见刘表的人有十二三个。

过了一会儿，内厅的人从里面出来，环视了一下四周等着的人。我以为他要找个座位坐下，便起身站立，示意他可以坐我的位置，那人严肃的脸孔挤出一丝笑意，转身挥着袖袍离开。

这人正要离开，大厅上坐着的一人拦住他说，你可是曹操的来使。

那人不敢答话，直接走出去。这人嘲笑说，曹孟德与我家主公能抗衡吗？这小子真是不识时务。

这人随即转身走进内堂，我暗想这便是曹操与袁绍的来使。在厅内坐了一会儿，我想我是庶民百姓，如果做了官，就会与这些来使一样，就成为民间眼中的“上头”。

终于轮到我了，我便进去内厅。致了礼，呈上举荐信，礼毕坐下。

我抬头看时，才发现荆州牧刘表旁边坐着一位美丽妇人。低下头时，我觉得这妇人似曾见过，于是抬头再看，觉得眉目极像一个人。

抬头瞬间，发现刘表正在望着我。刘表打量了我一下，便说，你是诸葛圭的儿子？

我回答说，小人正是，以前有幸见过主公。

刘表思索了一下，说，你师父为何不来做官？

我道，禀明公，小人师父觉得自己年纪大了。

刘表伸了右胳膊说，告诉你师父，我刘表是求贤若渴的人，怎会嫌他年纪大？孤这里只要是人才就能做官，你看有些老人即使再年老，孤也会给其面子。

顿了顿，刘表又说，你今年有多大？

我道，禀明公，鄙人年方二十。

刘表道，你知道荆州有多大吗？

不待我回答，刘表又道，你可知道我当年来荆州的时候，荆州是什么景象？现在荆州虽然太平，但是外面群雄并起，我用人向来慎重，因为我有百姓。你别看刚才袁绍和曹操屡次三番地前来求我，这只是当前，我的难处不是你所能明白的。

我只好垂下头，神色凝重，表示理解明公。

刘表说了一阵，我见旁边的夫人对他耳语什么。我顿悟这就是荆州蔡家蔡夫人。但直觉蔡夫人像极一人，正欲看去，发现刘表表情微妙地瞪着我。

刘表道，你父亲曾是郡丞，你叔叔是太守，你觉得自己能当什么？

我心想不该盯着蔡夫人看那一眼，胡乱说，什么都可以。

刘表愣了一下，我忙说，是明公让小人做什么都可以。

刘表想了一下，嘴巴动了几下，看向窗外说，你看着窗外每一寸疆土，都系有每一寸责任，我常对我的官僚说，你们担负重任，要时常摸摸地上的土，这些土都不是虚浮之土。我今年已经快六十岁，作为汉室的皇亲，我幼时就已经和一干热血的太学生盟誓做一番大事，那时我吃的苦你们是无所得知的。年过半百我初来荆州，那时远没有你们过得这么太平。盗贼四起，我守着襄阳城平复四方。我说这么多，也许你并不懂，你年纪尚幼，要多历练。

听刘表一番话，其一我觉得他已年老图安，只剩追思韶光；其二又觉得若生在太平之年，刘表不失为一方明主，但当今群雄并起，汉室衰微，不是仅以仁义和品德就能治理的。就如你心向善，但外恶欲以侵扰，你就必须有与之抗衡的决心。

刘表已经慷慨激昂，暗指他不会随便给人官职，但我来时就觉得无所谓。我自

信我能力之大，远非诸子百家任何一方可比，而且人生之乐很多，我可以弹琴作词，撰习兵法，论述大略，即便耕种于田野，此生尚可度过。

刘表见我不答话，又说，南阳郡是荆州的屏障，那里每天都有从中原流落的流民，你可以去那里看看。这就是流落的百姓，曹操和袁绍来我这里求我发兵，但他们可曾考虑过这些百姓，百姓从中原逃到我这里，他们不管，但我不能不管，但我又不能让他们全来襄阳，只能把他们安置在南阳。孤派了许多安置使去那里管理土地，你看你若想做官，就到那里去。南阳虽然危险，但年轻人就要敢闯，我虽然现在是堂堂的州牧，但孤也是闯出来的。

我一时感召，便道，小人听从主公的安排。

谈完辞别时，我觉得刘表身边的蔡夫人像极了一个人，便乘着谈话间隙，一再瞥去。没想一再被刘表瞥见。我想我这么聪明的人偷看他的妻室，都一再被发现，今天与大人物会晤，自己实是太过紧张。

临走之时，刘表突然神情复杂地说，年轻人娶了媳妇吗?

我忙说，还没有。

刘表好像若有所悟地看了一眼身边的蔡夫人，对我道，我认为你官职应当先放下，等你娶完媳妇再来找我。

我心说，没想到刘表想得真多。再看刘表与蔡夫人，一个白发苍苍，一个貌美少妇，也无怪乎其多疑。

回去之后，我一再想到刘表的眼神，觉得自己特别尴尬。我想到蔡夫人，突然眼中浮现出一个人影，我一直觉得蔡夫人极像谁，原来是她。

第十一言 而在悟

诸葛孔明

我一直在关注朝廷大事,得知曹操在北方部署的战局,觉得曹操果然很会用兵。而袁绍几次战机都没能利用,而且折了颜良文丑两大先锋,初战损兵折将。我对大家说,如果统帅都像袁绍,给我一万精兵,我只需三年就能平复中原。

他们说,你从没带过兵。我道,学习任何东西不在多,而在悟。

他们说,我觉得你学习的东西就挺多的,看你什么都会。

我说,我刚说过,学习任何东西都要悟,看你就没有悟透我刚才说的话,我所说的悟是真正看清事情的本质,举一便可反三,并非只是要多。

他们中有些非常高兴,觉得曹操雄才大略,能击败袁绍,一统中原,都决定去投奔曹操。大家便整天讨论曹操,分析来分析去,我的几个朋友便成了曹操方面的专家,大家一致认为曹操真是个性格复杂的人,譬如曹操极爱贤士,为了得到这个贤士什么好处都愿意馈送。但是若是一个有才的人,曹操看着不顺眼,下手又会如此狠辣。再譬如曹操看到人民流离失所会痛苦地流下眼泪，但在攻下徐州时竟能把满城无辜百姓尽皆屠戮，连一只狗都不放过，而事后曹操又会说自己错了，这个人真是难以捉摸。我说，你们自称专家，但是什么事情让你们一弄，本来很简单的事情就变得这么复杂。他们说，你还有更高明的？

我说，凡是一个正常的人，都有人性，这人不是绝对的坏人，也非绝对的贤人，都有善恶两种人性。曹操看起来性格复杂，但也是常人，只不过曹操善于思考。他需要贤士，便对贤士礼遇，这是他来自善性的思考；曹操看不惯谁，便狠下杀手，这是他的恶念，这时他为了私欲便没有了理智。当今因为私欲冲昏头脑而做了傻事的人还少吗？事后曹操又觉得对不起这贤士，这便是他的理智重新思考后的结果。总之，在我看来，曹操算是一个比较智慧的英雄，但是你看他总会为了私欲而不理性，所以在我看来不算是一个仁明的英雄，而且他之所以被称为英雄，那是因为即便是像他这样的人，天下也太少了，而更多的则是像公孙瓒袁绍袁术吕布董卓李傕张绣这样的人。

他们说，你对诸侯的要求太高了。当今世上，哪有这样好的诸侯？

我心想的确如此，贤明的君主没有一统天下的本事，能够一统天下的人品行又无法入我的眼。找主公就像娶妻一样，我只需一个，然而那一个又在何方？

一切变化都只是时间而已。今年注定是个不平凡的年头，我们看到荆州来自四方的使者和荆州派出的探子出入襄阳城。我们得知江东孙坚的次子孙权孙仲谋接管江东大局。我对徐庶说，这江山又是新一代的人了，你看江东的主公换成了幼主孙权。徐庶道，看这将来天下就是你们这一代的。你去刘表那里如何？

我将具体经过告诉他。徐庶道，荆州现在虽然奉刘表为主，但是蔡家权倾一时。而且刘表既不出兵争夺中原，也不肯相助曹操袁绍，将来中原任意一方平复，刘表都无法自立了。

尽管天下多乱，但眼前的事情是我需要娶个媳妇，而且刘表的话虽然让我鄙夷，但现实问题总是必须解决的。我想刘表宠信的蔡夫人像极了那个女子，虽然令我极为想念，但恐怕也没有机会再与她接触了。我觉得对她并不了解，但我又觉得无论何事都是事在人为。我一生好学而多学，是因为我觉得人之为人便有许多可敬可做之事，这些成果的美妙，是人生最大的乐趣。前面那些贤人所能做到的，我照样可以为之，何况是觅得一个佳人？

我决定让徐庶前去黄家湾为我打听。徐庶不久后回来说，已经打听清楚，按照你画的女子的样子，她的父亲叫黄承彦，是襄阳黄家大族，是和当今高门大户蔡家联姻的。那个女子还要管刘表叫姨夫。

我道，怪不得和蔡夫人长得这么像，原来两人是亲戚，而且黄承彦我听说过，此人据说颇为精怪。我正准备去拜访。我也想到自己真是识人极准，没想到黄姑娘是大户人家的千金。但没过多久，我便担忧起来，我自小最看不惯所谓门当户对的婚姻，觉得男女两人，如果互相恩爱，两人就能互相激励，日子就能和美，不在乎所谓金钱、门第等一些看似实在但实际上最为虚浮的东西。但是真正到了我这里，却又不得不考虑家里已经沦落为普通百姓，怎么能再与大户人家的千金婚配姻缘？

我叹气道，没想到是大户人家的千金。

徐庶说，你是觉得太难？

我道，是的。

徐庶说，你觉得找谁能行？

我说，不知道有没有像我一样的，家道中落的小吏家庭的闺女。

徐庶说，你不要灰心，以你的才能，别说是刘表的外甥女，刘表的女儿嫁给你都不委屈。

我说，不行，不行，我现在心里很闷。你可以这么说，其他人就不行了。

徐庶想了一会儿说，实在没有办法，你就去做个官吧，现在当官的都好找媳妇。

我说，不行不行，如你所说，就算我能当上官，当官是能找到媳妇，但是那些一看别人当官就愿意嫁的媳妇一定不是好媳妇。

徐庶说，你这个人就是要求太苛刻。

我说，没有办法，我心里就是那么想的。

徐庶说，你是不是东西学得太多了，所以心境过于复杂。

我说，不是不是，相反，我这样的人最为简单。我想你以后慢慢会理解的。

第二天，徐庶跑过来对我说，你现在还想那个姑娘吗？

我说自己昨天想了一夜，而且现在挺难受。徐庶说，你先不要难受了，我已经想出了办法。黄家并非我想的那样格格不入的高门大户，相反黄承彦这个人是名士，虽是刘表和蔡家的亲支，但是豁达纳贤，礼爱贤士，也不愿意做官。

我这才清晰想起庞德公曾对我提起黄承彦这个人，我那时印象中记得这是一个清隐之人，脾气有些古怪。

我问徐庶具体是什么办法。徐庶说，这个办法好是好，但是要十天半个月，不知你是否能忍受得住，而且现在也不能告诉你。

我淡定地说，能忍受得住，但我希望你们做事稳妥，我对那姑娘并不十分了解，所以望你们做事要含蓄一些。

徐庶说，一切包在我们身上。

徐庶拿了我的文章和字画，我最近制作了几把七弦琴，一并背起拿走。我对徐庶说我这里还有几根胡瓜，你也可以拿走。

徐庶咬了一口胡瓜说，有你这些东西，我们成功就非常省事。

半个月之后，我正在家中撰述一本《琴经》。有几个朋友要我分析一下袁绍和曹操的战局。夏天就快到来，我也密切地关注着中原之战，而最新消息不断传到荆州。鉴于谣言颇多，我家变成了还原事实真相的地方。但由于我的说资大多来源于士族口头相传，这些传说并不十分可靠，有些看似合情合理但实际是闲人杜撰，而且由于这场战争从去年末开始已持续半年，闲人杜撰谣言的能力与日俱增，足可以假乱真，不得不使我非常小心地为大家从各个方面择取传闻。有些谣言一眼就看出是假的，于是很快被我否定。曹操起初兵少，人们都很同情他，都希望曹操能够获胜，后来听说曹操这么少的兵也能击败袁绍，都改而同情袁绍，都希望袁绍能够胜利。我忙对大家说，大战还未开始，这只是初战。大家又都转为支持曹操。

我讲完之后，大家讨论热烈。正在讨论中，门外一个小孩领着两人进了我家的门，两人一主一仆，主人为老汉，士族穿着，颇为雅致，老汉眼神透出狡黠。

大家忙给他让座，老汉谦虚了一阵，坐下。我本以为他有什么事，于是起身向他致了礼，老汉对我说，你们接着讲，老朽我没有什么事。

我讲着，心中想这莫非就是黄承彦？老汉目光透出一丝狡黠的微笑，一直不停看我。看了一阵，我觉得心里发毛，如果真是，这就是岳父大人。我也第一次觉得自己有了岳父大人，心中实在紧张，还好其他人讨论激烈。我见大家讨论激烈，便独自一人走到老汉身边，给他的仆人端了个座，便加入讨论行列。

老汉安静坐了一会儿，目光在我竹舍四处查看，我暗暗留意。不一会儿，老汉走到我的书桌前摸了摸，翻起竹简和字画。我想这老汉果然有些来历。

看了一会儿，我突然想起自己尚未对来客通报姓名，有失主人的礼仪。于是便走到这位老汉身边对其说道，我姓诸葛名亮，表字孔明，不知道尊公怎么称呼？

老汉翻着字画慢悠悠地说，不敢不敢，老夫叫黄承彦。

我暗想果然是岳父到此。一时不知该怎么答话，但幸好我反应极快，于是忙说，原来是黄公。今天黄公能到晚辈这里，实在是令晚辈受宠若惊。

黄承彦没有答话，慢悠悠地看完，便回到座位上。我只好跟过去，在边上照应着。黄承彦突然对我说道，听说你正在找媳妇。

黄承彦说了一句，正在讨论的人立刻肃静下来，大家都看着我和黄承彦。

我道，是的。正在找。

黄承彦说，你想找什么样的人？

我谦虚地说，并无他样，合适就行。

黄承彦说，我有一个女儿，也到了年纪。听说你今年刚好二十？

我道，晚辈正是。

黄承彦说，老夫我不知道你要找什么样的人，但我想这男人找媳妇，第一个就是好看。

我不知该怎么回答。我觉得告诉他我不是要找好看的，又觉得过于唐突。

黄承彦继续说，老夫有一个女儿，且是独女，但是长得不太好看，且很丑。你要是想要好看的媳妇这次就算了。但老夫可告诉你，我这女儿虽是不好看，但是诗词文赋、针绣烹厨样样在行。

旁边的一个人起哄说，孔明，不好看的不能要。

有一个人道，孔明，我看这个非常好。不好看的实在，你看什么活都能干。

我自己十分淡然，于是问道，我认为娶妻不能太看容貌，但是黄公你这么说我并

不是十分清楚，能否仔细说说？

黄承彦道，我这女儿，今年芳龄十八，但是长相丑，这头发是黄的，皮肤是黑的，不知你可敢要？老夫想她相貌不能和你这俊士相比，但是才能不输你，我想你的才能也只有我女儿能配得上了。

我心中想，我有多少才能您如何能知，而我也不知黄公今天到这里到底要干什么。难道他真不知道我见过他女儿，故意来试探我是否只贪图美色？也许徐庶真的十分稳妥，没有把情况告知岳父。

我继续淡然地说，黄公你也知道，虽然其他人看女人都要看容貌，但是我诸葛亮不是这样。这人一辈子，容貌是会变化的，但是才情和心志不会变化。夫妻相处是一辈子的事情，只要懂事理，我觉得就是好女人。你刚才说的诗词文赋在我看来也并不重要，如果这女人不懂诗词文赋，但懂得相夫之道，也同样是个好女人。

黄承彦说，你说得好，不愧是个好俊士。这样，我这丑女嫁给你，你觉得怎么样？

我说，黄公你也知道，我正在找媳妇，如果你说得确实是这样，即便真像您说的黄发黑肤，只要通情达理，娴雅温柔，我一定会答应。

在场的人都说，孔明你是怎么了，他女儿那么丑你还答应。

另一个人说，没有办法，孔明这么大了还没娶上媳妇，兴许是急的。

我道，莫乱言，我正在谈媳妇。

大家都不做声，过了一会儿，满堂大笑，原来一个人写了几个字“莫学孔明择妇，只得阿承丑女”互相传阅。

我拿来一看，大骂，你们怎可对黄公无礼？

黄承彦说，无妨无妨，你明日就到黄家湾去看看我女儿，如果你觉得可以，我黄承彦说话算话，一定把女儿嫁给你。

我道，择日不如明日，明日定当拜访。

黄公走后，我出家门，邻居道，你看孔明这人，自比贤相能将，人家说有丑女，竟能同意迎娶，大家以后做人千万不能学孔明。

而我对这些并不理睬。我虽然有意欺瞒黄公，但若是将来的媳妇真不是美妇，而是我觉得合心意的贤惠之女，我觉得自己同样可以择取。

第十二言 佳人语

诸葛孔明

草长莺飞，春光大好。人们在乱世之中忐忑不安。我每看一处风景，便觉得这江山真好。这江山因为人的情思而无比美好，又因为人的利欲而无比险恶。而无论如何，我已满虚岁二十。成人之后与少年的区别是，成人便意味着我除了梦想之外，更有了许多承担。

我又来到了黄家湾。我到村中之后，便发现之前所曾遇见的那条河。白盈盈的河水急流向下游，几树火红的花瓣慢悠悠飘落在河面上，顺水流走，村中居落与桑桐环绕分外悠柔。

我走进民居之中，已有昨天遇见的黄承彦的仆人前来接应。

走进黄承彦的居落，黄公的居室清雅而不失容仪，黄姑娘一家果然不同凡响。

黄承彦不久就出来，与我在堂中寒暄了一阵。论了一阵礼秩之道，黄公甚为赞赏。

过了一阵，黄公终于开题道，我那个女儿在后院，你可以

去看看。

我已紧张良久。不知怎么走进了后院，穿过拱门，院中花蜂丛荫，景象非凡。但我觉得仿佛也只配有这个景象，否则我刚才真是白紧张了。

我本觉得黄姑娘会出现在一片花丛之中翩然起舞，宛若花仙子。谁知穿过石径，黄姑娘就在那里，拿着画笔在一张白纸上作画。我走近，黄姑娘已经看见了我，脸上露出惊讶的表情说，你怎么来了?

旁边附有一张还未织完的绣。

我走近，发现黄姑娘在作一幅万树千红的画。

黄姑娘怔了一会儿说，父亲说给我选了一个夫婿，原来就是你。

我道，是我。你若觉得不合适，我自不会强求。

黄姑娘低下头轻声说，父亲也对我这么说。

我未答话，看着那幅未作完的画。过了一会儿我说，你的画不错，只是有些颜色勾勒偏重，但也可以弥补。

我说着在画中填补了几下，树的枝干清重而淡雅地显现在纸上。

黄姑娘看着画，欲言又止。我笑说，你父亲也有些奇怪，他对我说你是黄头发，黑皮肤。

黄姑娘说，这我不知，不过我父亲与那些人不一样。

我道，正是，不过他不知我们之前遇到过。佛讲究缘分，我看我们挺有缘的。

黄姑娘并未答话。园中有风起，偶尔几片花瓣落到身上。我只是作着那画，我不知道此时想了些什么，也觉得对面的黄姑娘的心里一定想了很多。我们都曾是少年，现在却打算共结连理。

我正在作画，却忽然发现画已作完。

我只好道，你的纸张不错。

黄姑娘说，这是父亲买的，我很喜欢，虽然没有丝帛纸贵，不过很难买到。

我只好找一些话说，现在字写得好的人都喜欢用纸，我相信纸张一定会越来越好买的。

黄姑娘道，是。

许久没有话说。

过了一会儿，我道，画已经作完了，你可以在纸上题字吧？

黄姑娘说，可以，不过觉得你的画很早就作完了。

黄姑娘蘸墨题字，字迹清秀之中融着气仪。我觉得那字与我风格极为不同，我最爱草书。我觉得龙飞凤舞的草书不仅写起来极快，而且疏渲志气，令人心绪顿清。

写完之后，我便夸赞她的字极好。

我问黄姑娘说，你父亲为何给你取名叫硕呢？硕在《说文解字》中好像是头大的意思，难道你小时候头很大？我觉得小时候刚出生的孩子头都很大。

黄姑娘笑说，不是的，不是像你说的这样。而且正好相反。

我道，你说。

黄姑娘说，父亲说过我的名字，他说我小时很矮小，就希望我快快长大，于是就取名硕。

我道，你父亲的确奇怪。

黄姑娘柔声说，他就是那样的人。

过了一会儿，黄姑娘抬起头说，你的姓氏也挺奇怪的。不知道天下怎么还有姓诸葛的？

我道，我祖上原本姓葛，出自齐鲁诸城，后来我的家族迁到别的地方，为了记住家乡，于是加姓为诸葛。

黄姑娘哦了一声。我继续说道，我叫亮，家里希望我做人处世看得清楚，所以我字孔明。

黄姑娘哦了一声。我继续说道，我记起我们初次相遇，还有那次在街上。

我发现石桌上的锦囊说，姑娘你很喜欢锦囊？

黄姑娘说，是很喜欢。用那东西装些信笺都非常可爱。

我不自觉说，那是很可爱了。

我想，自此之后，我便喜欢用可爱这个词，不仅用于口头，而且用于书面。可爱之爱，爱自心出，也因为有心有爱，如此乱世尚有绵绵情思和悠悠希冀。

我道，我记得你很喜欢卓文君，不知你喜欢蔡文姬否？

黄姑娘说，知道她，弹琴和作词都不错，也很有志向，只是听说她被胡人掳走了，真是可怜。

我道，她的父亲蔡邕孝德和文采冠绝天下，只可惜被乱世所屠，他们一家真是可怜。

我说，我有一位先祖叫诸葛丰，是先汉的光禄大夫，他做事刚正不阿，执法严明。曾高居司隶校尉的官职，但是他执法时得罪了皇帝，从此以后司隶校尉就没有了符节，但是百姓也因此记住了他。这是我们家族的骄傲。

黄姑娘安静地听着。

黄姑娘说，后来呢?

我道，班固的《汉书》便有他老人家的传记。姑娘若闲来便可读来一观。

黄姑娘哦了一声。

我道，当今天下虽是乱世，但是有很多事情值得追思。

黄姑娘赞同说，这天下的确挺乱的。

我直觉这句话非常耳熟，但我继续说道，看这天下愈乱，某些人就愈忙。荆州现在虽然太平，但是群雄正在荆州外厮杀，都是为了夺取江山，而且他们夺取江山不是为了天下人，而是为了自己。你看中原的曹操，因为攻城攻得不顺利，竟然迁怒于满城百姓，那些人就都遭了殃；再看袁绍，袁家昔日都是汉室的重臣，但是汉帝有难，却不思救扶，袁术还自称皇帝。荆州的南阳，汉水的北岸，那里就很危险。

黄姑娘低头不语。我突然觉得对自己的伊人说过多的险恶事情有些不妥。于是补充道，虽然天下险恶，但我相信会有太平的一天。到时候我带你到京都洛阳和长安。

第十三言　即刻许

诸葛孔明

我道，我觉得自己不会太爱财富，不会像其他男子一样，需要当个官，或者谋个财，贪慕什么权势。我觉得这些适可就好。你看当今逐鹿的诸侯无一不是为了夺取江山，满足自己。你看曹操。

黄姑娘说，你好像挺不喜欢曹操的。

我说，不是我不喜欢他，而是他不让我喜欢。曹操曾说，如果没有他，天下不知道有多少人称帝称王。如果曹操真心为民，力扶汉室，便不会肆意屠戮人民，因为普天之下，莫非汉民。但我之所以只提曹操，是因为我对别的诸侯更为失望，幸而曹操是个聪明的人，会为了夺取江山而做一些有益于百姓的事。而我之所以只提起他一个人，无非希望他能做得更好。

黄姑娘嗯了一声。我觉得自己能对眼前的姑娘说很多话，而且大多出自心中，觉得真是颇为高兴。我这几年都在找寻好的媳妇，但心中并不确切要找怎么样的人，只是有一个大概，我要的就是那样的。现在我看着眼前的女子，我想应该就是这样吧。

一阵静默，清凉花粉入口鼻。我抬头看见姑娘的脸庞，觉得是那样娴静。我想即便是现在有人对我说，就抬花轿来娶她吧。我会说，即刻。

我道，我那时找媳妇，有几个姑娘对我说，你家里有没有盐，还有一个对我说，你为什么不是做官的。我那时不知怎么回答，但我觉得自己一定不找这样的人。

黄姑娘抬头看了我一眼，我继续道，盐虽然重要，但却不是唯一的。我不知她们是要盐还是要人。

黄姑娘微微一笑。我说，你知道这些人为什么要盐吗，那是因为在她们的世界里除了盐之外不知道有什么更好的。

黄姑娘低头听着。我说，我觉得恩爱之夫妻，此生能互相激励，那就真是很和美了。

一阵静默。黄姑娘抬起头说，我记得我有一位哥哥，你说的那些话与他说的就很不一般，你也是很不一样的人。

我道，这要见见。我并不是不一般，相反我的想法却极其单纯，比如娶媳妇，我不会想我一定要娶个美妇啊，或者我一定要娶个有才的啊。我觉得这些都不是，相反我只要找适合的。

黄姑娘说，你觉得什么是最合适的呢？

我道，我曾经学东西，有人说你要学道家的还是要学儒家的，或者学法家的？我说都不是。我觉得道家的哪些好，我便学习道家的哪些好处；儒家的哪些好，我便学习哪些好处。总之我只学对的，有用的，我不会将其分成门派。你看老子的学说能够养性，但是一旦遇到危难就没有办法，而且老子学说虽然不错，但他的学说只能说明他这个人思想品德都很不错。我极其仰慕老子，但是其学说显然与当世无法切合。比如老子觉得不要由朝廷主政，不要有法令号召，大家都像婴孩一样，这个天下就什么事也没有了。我觉得非常可笑，其学说谬误之处在于知道错的是什么地方，但不知道错的重心是什么。而儒家之礼、法家之法才更能安抚天下。

黄姑娘道，你真是个挺聪明的人。

我谦虚地道，自小就很多人像你这么说我，但我仍然觉得我只是学了对的，说了对的，做了对的。

黄姑娘说，是啊，但有很多人不知哪些是好的。

我道，你说得并不全对，不知道哪些是好的那是因为此人学得不深，知道而做不到的则是那人品性有问题。比如一个贪官，他贪到了百万钱，但却做不到对当地百姓有政绩，这是为什么？他其实知道哪些是好的，也可以做到，但他却不做。我与他的差别就是我们能力大同小异，但他想尽办法贪了百万钱，他便以此为乐，但心中何尝不曾忐忑。但我若能到这个职位上，我则会想尽办法造福一方百姓，我同样会因为自己成果极大而高兴，但我却不会忐忑，相反我十分满足。人之为人，区别就在此处。

我觉得从未能够对一个女子说如此多的话，这些即便是我的朋友和姐姐都无法做到。而这姑娘不但不问我家中有没有盐这类的话，而且才思如此敏捷，性格如此温淑，我觉得即使现在有一万个美女与我来交换，我都坚决予以拒绝。

不久，黄姑娘与我走出园中。黄承彦正在堂厅会客，见我和黄姑娘走来，黄承彦一脸狡黠。我不知他要如何缓解欺瞒我的尴尬，谁知岳父说，孔明，听说，你琴弹得好，这里有几位朋友，可否为我们抚一下琴？

一个朋友对黄承彦说，这就是您选的爱婿，果然一表人才。

琴来了。我抚琴一曲，每一个音调皆从心流。所谓高山流水，跌宕起伏，琴乐不仅寄托了弹琴者的情思，更将人现实的思绪提升成空鸣的灵响，更使人心神震慑而感慨万千。人是平凡的生命，而弹琴的人则是世间灵物。

琴毕，我自己也觉意犹未尽，再看众人都十分痴醉，而惊讶于我的技艺。

一个朋友道，黄公，这女婿琴弹得实在太好了，听着宛若行云流水。

第十四言　吉凶卜

诸葛孔明

黄承彦显然非常高兴。客人走后，他单独召我入书房，问我是否愿意娶他的女儿。我说黄公家是大族，我一介庶民，无才无官职，即便以后做官也不会享富贵生活。我说自己只是要找如知己般的伴侣，如果希望跟着我过富贵日子，恐怕会有所委屈。没想到黄承彦说这个没问题，如果你自己只想着富贵，便不会一辈子钟爱一个人。黄承彦说，你看我也不愿意做官，我知道当官有很多不是自己心力所能为之，比如他的妻家蔡家权势倾天，有些事情即便违背良心也必须做，当官太累……

最后我们谈了半天，黄承彦说我对你基本满意，但我还要问我女儿，毕竟我一生只有这一个女儿。我说我很理解，毕竟婚姻之事不能强求，只有双方都合了心意才能长久。黄承彦说，没想到你琴弹得好，画画得好，还比老夫更加懂事。我谦虚地说，没有没有，您能有这么好的女儿，足以说明黄公远非一般人可比。

黄承彦说，孔明你放心，即便你做不成我女婿，也能做我朋友，如果你不是年纪太小，老夫我还决定拜你为师。我笑说，就我们二人来说，恐怕这辈子您注定只能做我长辈。

大家越聊越融洽，不知不觉已经天黑。黄承彦决意留宿。但我说我不怕路黑，可以走回家去，如冒昧在黄公家中留宿有些不妥。黄公附耳说，姑爷不要犯傻，也不要过于拘礼，我这是在给你找寻机会。我连忙点头。

晚餐过后，星月明亮。我自小喜欢天上的星星，长大之后，觉得天象的学问也非常有趣。只是长大之后就如同星星的变化，小时候那些星星是单纯的童趣，而成人之后连星星也被赋予吉凶，而最不能预料的便又是天命。

不久之后，院中只剩下我和黄姑娘二人。我觉得这样的夜色与佳人在星空之下相处极好。我对黄姑娘说，我已经知道你母亲原来是蔡家的千金，那你就是当今荆州牧刘景升的外甥女了。

黄姑娘应了声是。

我道，那你知道你姨娘嫁给刘景升多么风光，但我不可能做到刘景升那样的位置。

黄姑娘看了我一眼说，知道你要说什么，但我不想嫁给大官。我觉得那些也不适合我。

黄姑娘道，我知道卓文君嫁给司马相如的时候，他们原本就不是想过富贵日子。他们觉得在一起很高兴，彼此知心知意。

黄姑娘道，就像你说的，两个人在一起就不用要求那么多，重要的是真的互相合意。

我说，如果像你这样的千金要跟着夫婿住茅舍、耕田地，不知你还愿意吗？

黄姑娘看了我一眼说，知道你说的意思。如果真的相互合意的话，我觉得什么都是好的。

我觉得黄姑娘的心意我已经全部明白。

我正在榻中睡觉，忽然有人告诉我，孔明你要娶媳妇了，我便高兴地起床。天已经大亮，我看见天边红色的云一朵朵悬在头顶，几只青鸟在云中掠过，我的周边围着一大群人，每个人都兴高采烈。新娘子坐在花轿中，朝我微笑。我突然说，我要的不

是这个媳妇,不是这个。众人非常吃惊,他们纷纷向我掷来果蔬,就像对待那些死刑犯一样。我说你们可以不理解我,但我不要这个媳妇。一个人面目狰狞地对我说,这么漂亮你还不要,你要什么?我正要和他分辩,只听轿子跌落,新娘子哇的一声哭了,扑倒在地上。天边的红云瞬间变成黑色,我便往家跑去。正在跑,我父亲突然揽住我并对我说道,亮儿,不要再跑了,乱兵来了,你去躲躲吧。我对父亲说,往哪里躲?父亲说,你要到人多的地方去,再跑回去吧。父亲说着便要离开,我问父亲你要到哪里去。但是父亲没说,不久便不知所踪。我在人群中胡乱走开。这时我看见一群军士抓着了一个姑娘,而那个姑娘正是我想娶的媳妇,我便声嘶力竭地吼他们放开。这些军士一个个狰狞地笑。我便冲上前去,夺了一个军士的长刀。我拿着长刀砍那些军士,那些军士一个个倒下去。那个姑娘突然出现在我的眼前为我擦擦汗说,你累了吧,我们回家去吧。我们牵手便返回家去。突然一大群人出现在我身边,他们说谢谢你孔明。我说,为什么谢我?大家说,难道你不知道你把乱兵都砍死了?我也非常吃惊,我说,我不知道自己刀法这么厉害。那个人说,兴许你太勇敢了,把他们都吓死了。我想也许是这样。那个人说,你和你的媳妇都是英雄。我们不知道你要这样的媳妇,如果早知道这样,我们就不会给你漂亮的了。我和我想要的媳妇牵手回家去,一路上月光如水,前面的路阶一直深入到看不见的地方,但我却牵着一双温暖的手。我对她说,我要为你取个月亮一样的名字。我的媳妇说,我在你心里就那么美呀?我说,是的,你虽然不是倾国倾城,但是我知道无论前面是什么路,无论我家里有没有盐,你都会让我牵着一路走下去的。我的媳妇说,那就是了,因为我觉得你也非常可爱。你其实很简单,你就是想要那样一个对的人而已……

话音未落,我突然从床上坐起。醒来一看,原来是做了个梦。不久之后,天亮开门,院中青树姿花,气仪清雅。黄承彦把我叫到房中说,姑爷,我已试探了我女儿的意思,我女儿已经同意,准备即日嫁给你。

我说如此要准备哪些礼节?黄承彦说,什么礼节都不用,我直接找个车载了送到你家。我女儿嫁人,嫁得一个好人比什么奢华礼节都管用。

我暗想此人正是奇人,这样倒也好。我叔父并未留下许多财帛,我几个姐姐虽然都嫁入高门大户,但我作为男儿也不愿受其接济。

最后我们谈到中午，吉日仍然是我自己定了，因为在我分析之下我选的吉日是最周全的。次日一早我便受命回家准备。

第十五言 明月路

诸葛孔明

中午刚到家中，家中已经聚集了一帮朋友。我问徐庶到底用了什么办法让黄承彦来。

徐庶说，没有什么，我们只是拿着你的作品委婉地让黄承彦知道你的才能。说罢一帮人哈哈大笑。

我觉得这些朋友是我到荆州几年来最宝贵的财富。我和他们谈论一切，不仅能巩固我的志向，更能和他们彼此互学品德，最重要的是，他们是我人生中无可替代的伙伴。我对徐庶孟公威说，将来如果天下太平，我们一起做官，我们一定会在一起。

很早孟公威已经表露出自己喜欢曹操，但他仍大方地说，没有问题，我们要做官就在一起。

徐庶则对我说，孔明你知道我过去想当大侠，但我自从遇见你，我才知道这世界上有比剑更厉害的，那就是谋略。

我对徐庶说，所谓谋略，就是你的想法，我一直以为同样是心计，好的心计那叫大计，坏的即便再有效的心计那叫阴谋。总之如此，我知道你们有才能，我希望你们将来都成为百姓之股肱。

他们说，行，现在跟我们讲讲袁绍和曹操之战，因为现在局势变幻莫测，实在是非常惊险。

我道，不行，现在我要娶媳妇。

他们说，啊，你要娶媳妇。

我说，啊，还是要感谢你们帮忙出了主意。

大家说，嘿，我们终究还是成功了，你能娶上媳妇我们真的很高兴。

我说，嘘，现在情况紧急远比中原，因为吉日很快就到，而且我娶的这个媳妇虽然不是最漂亮的，但是在我心里是最漂亮的。虽然这次礼节比较简单，但是我第一次娶媳妇，还是妥当地准备一下。

他们表示这次诸葛亮娶媳妇，必须要热闹一番。但我叮嘱道新媳妇性格温顺，极为内敛，建议行事不宜过激。

次日纷纷通知了亲戚。家舍云集了包括大户与庶民在内的各色人等。每一个男人最被关注的那天是在他的婚娶之日。我此前被称作卧龙，但名声只是文士内部互相传扬，这次似乎被整个襄阳地界的百姓所围拢。

我的姐姐们因为长相漂亮，出身名门，已经先后嫁给了大户。她们都决定送比较珍贵的礼物。

然而这些只是最浮华的表象，我真正需要的是一生的伴侣。

我不会像曹操那样包揽众多美女，因为众多其实也恰是寂寞。当然我也不会视女子如草芥或者委屈男女任意一方，苟合一些本无法承受的婚姻。

嫁娶的前一天，我让徐庶和我一起去了黄家湾。徐庶被我安排在堂厅内与岳父家闻风而来的亲戚对话。徐庶纷纷代我回答他们孔明身高多少，未来是想当官还是想经商。我则单独去找了黄硕。

应付了许多琐事，我们终于单独在一起。

来找她之前，以我的心计，我已经在心里勾勒了一段对话。

我会对黄硕说，我是庶民，你是千金，我不在乎门第，但在乎男女之心意。

黄硕会说，那没事的。

我会说，你不知道具体的。

黄硕会平静地说，你说吧。

我会说，可能跟着我不会享福，我不是做官的料。

黄硕会说，那没什么。我父亲也不愿意做官。

我会说，也没有好衣服穿。

黄硕会说，那没什么。你不是说过，还有很多事情可以做。

我会对她说，对，耕一辈子地。

黄硕会说，没事的，我不怕辛苦。

但当我开口说的时候，这些话已经全都消失不见。面对这样一个眉清目秀，安然贤淑的女子，也只有静静地帮助她打理一切。黄硕什么话都没说，我也没勇气问什么。那是因为终身大事真的将改变过往，承启以后。所以太多的疑虑或者欣喜都只能化为汹涌波涛里的礁石，在以后的平静中任凭水流的激荡。

但我终究是孔明，我仍旧鼓起勇气问她说，不知道你以后打算过什么样的日子。

黄硕沉默了一会儿说，好像自古都是女子选择男子就跟定一辈子了。

我一时不知该怎么说，黄硕的回答完全没有我原先在心里想的那样。很决绝很坚定。

黄硕看出了我的心思，接着说，但我觉得你挺可靠的，而且我知道你在乎很多，也不在乎很多。我从没见过你这样的男子，不是像司马相如那样的风尘男子。

我道：为何？

黄硕说，说不清为什么，但是我心里就是那么想的。我记得你说过不愿当官，也不会想着富贵，觉得那些适可就好。

说到这里，我等了半天，但不见下文，我才觉得黄姑娘说不下去了。虽然未如我先前谋划的那样如此直白和决绝，但现在黄硕的回答似乎更让我坚定。有些共鸣只可以留在心里，不能用言语表达。

我也觉得这是一个闺秀，恐怕以后无法承受更多生活的琐碎，但我觉得以我的才智，能够弥补更多。因为我知道就像我不爱某个女子一样，不是男子不爱女子，而是女子不够可爱，反过来不是女子不爱男子，而是男子不够优秀。

与徐庶回家的时候，月明照前路，我觉得此前的人生就要改变了。

第十六言 嫁娶妇

诸葛孔明

嫁娶的日子终于到了。各种亲朋云集我家，我的姐姐们招呼客人，弟弟也成为招呼亲朋的重要对象。

我正在姐姐旁边为一件嫁娶的新衣量身，突然有人急匆匆找到我家，我以为有什么急事，详细一询问，原来比急事更加揪心。竟然是我大哥诸葛瑾的一封信。

父亲死后，大哥已成人，为求自立，独自远去他乡。我记得他临走时对我微笑说，哥要去远处过好日子。但我知道，汉朝乱世，处处群雄伐争，人民流离失所，像我叔父那样的人，也只好碍着面子找到刘表。

送信的人很诚实，说这封信已托人捎到了两月，但找不到上面说的诸葛玄，只能放了两月。但最后一听诸葛玄的侄子婚嫁，就很快找到这里。

送信的人说罢加入宴席行列。

我拆开信一看，无法止住泪流满面。往日之殇，全浮现在眼前。

大哥在信中说他已经在东吴做上了大官，过上了好日子，娶了媳妇，他已经听说叔父去世了，不知道我们兄弟姐妹怎样，甚为挂念。如过得不好，可以到江南某处找他。

我和几个兄弟姐妹哭成一团，但我们从心里高兴，因为大哥无事，还做上了大官。我即刻给他回信说，我们都挺好的，过得也挺好的，收到信的时候正是弟弟大喜的日子。但最后说我想和大哥一样自立，所以暂时不会麻烦大哥。最后我特意嘱咐大哥，当今乱世，要多加小心。

最后为了对大哥表示自己才情已然很高，于是在写书信时多加了几个生僻的字。办完这些，托人找到前往东吴的熟识的人前去送信。

做完这些，我如释重负，觉得嫁娶之日能有这样重大收获，实在是非常高兴。于是我独自做另一件我最喜欢的事。

中午，一辆三头牛拉的车已到我家，车上坐着一位新娘子，头上居然遮盖着一块鲜艳的红绸，外人不辨新娘的面目。

一个亲朋见状焦急地道，以后我娶媳妇也要盖上，你不让我看见，我也不让你看见。

不知谁说了一句快看窗外，大家齐刷刷向窗外观看，一时间，几十个脑袋看窗口，门槛的人则朝天观看。天上升起了几盏灯笼，幽幽地升上天际，灯火在天际燃成一团团朦胧的簇红。

当所有人都在外围庆祝我们嫁娶时，我则在为我的新媳妇取名字。按照礼仪，新娘的表字结婚后则由夫君取。我对黄硕说，你看今夜那月亮又大又圆，满天月光英华，你的名字又是硕，硕者大也，我看你就叫月英吧。

黄硕看着我微笑了一下，对我说，外面那些飞灯真好啊，今天真挺热闹的。

我说，你肯定心里有很多话，但又说不上来吧。

黄硕静默不答。过了一会儿，黄硕说，真是没有想到，现在就这样嫁了，要过另一种日子。

我想，岁月就是这样。就像我找了两年媳妇，一直不知道自己要找什么样的，而今也就这样了。

我将她的手牵住，一起静听着外面的喧闹。

我觉得此刻我不再是一个人走前面的路，我身边多了一个名字叫月英的姑娘。我虽然并不全知她心里在想些什么，但我却知道此生无论如何，我将和她一起共担。

第十七言　南阳居

诸葛孔明

建安五年初夏，我完结了自己的终身大事，可以和大哥一样自立，可以不再让唯一的弟弟寄人篱下。娶了黄月英之后，我愈来愈觉得自己识人的眼光真好。月英不但才思敏捷，可以识文断字，而且勤劳能干，此前认为我的居室已经十分儒雅，但黄月英一来，我的居室大变样。当我的朋友们赞叹我情调真是越来越非同一般时，我谦虚地说，这些布置都是我媳妇弄的，这些看法也都是我和我的内子商量后总结出来的。我的弟弟从私塾回来也十分喜欢他的嫂子。我更觉得自己意气风发，有能力做好一个家业。于是建安五年夏天，我和一干朋友前往襄阳附近的南阳郡出游时，我决定搬迁至南阳。

我选的地方叫隆中村，如同我在襄阳的旧居一样，清雅而宜人。我在那里人迹罕至处置办了家舍和田地。虽然我选的地方离襄阳较近，而且隐居山中，并且刘表已经趁着曹袁之争夺回了南阳郡以北的大片土地，使我无后顾之忧。而南阳历来是北图南南图北的兵家必争之地，我极希望在这个战乱最频繁的地方早日看到天下太平。

自从我娶媳妇之后，曹操和袁绍便打得更加激烈。袁绍远比曹操人马多，兵祸连年，人困马乏，但此时曹操不得不和养精蓄锐的拥有数十万铁骑的河北袁绍在豫州展开决战。而豫州牧刘备一会儿跟着曹操，一会儿倒向袁绍。但无论刘皇叔跟着谁，必定大败而归。我和朋友在荆州素知刘皇叔仁义，但刘皇叔打仗实在无法让支持他的荆州百姓过瘾。

曹操虽然“奉天子以令不臣”，但诸侯都知道那是“挟天子以令诸侯”。而袁绍是昔日讨伐董卓的十八路诸侯盟主，所以曹操北面的关中诸将和荆州刘表都在观望，都决定看看是盟主厉害还是曹操更加厉害。而这两位从小玩到大，连官职都几乎相同的京城纨绔子弟终于在中年之后成为中原之争的两大诸侯。民间已经盛传，江山不是曹操的，便是袁绍的。

我知道曹操谋士上百，上将成千，大军虽少于袁绍，但有荀彧、贾诩、郭嘉等算无遗策的人中鬼士。此次大战定会非常激烈，而一旦曹操战胜，综观余下诸侯，除了江东孙权，恐怕无人与之匹敌，而从来一统天下都是从北向南。

已近酷夏，我已决定在南阳躬耕。我喜欢绿荫朝天的日子，无忧无虑。清晨我在山上吟唱，我仍然觉得天下百姓非常悲怆。我继续学习很多的经典，我仍旧喜欢许多被天下人称作奇技淫巧的发明。但就像我说的，诸子百家都有很多的经典，但他们亦有太多的不足。我只学习那些对的。我怀念江东的大哥，我希望自己有朝一日能够到京师长安洛阳去。月英喜欢司马相如，我也决定带她到成都去看看司马相如生长过的地方。

我对月英说，天下人看不起奇技淫巧，但我知道这些非常有用，而且我自己也很喜欢，你觉得呢。

月英道，我挺喜欢的，虽然大多数天下人都不喜欢，但我知道你对。

我道，你说得对。

我们一起吃饭。我起先对她大谈我对古往今来许多英雄的看法，而这些英雄无一例外都是治国的好手或者擅长治军伐争。起先月英认真地听着，我以为她很喜欢这些。但后来我发现她只是觉得我喜欢才附和的，我便很少再讲这些。

在绘画上，我已经越来越喜欢画龙和猛兽，在这些猛兽里寄托我对英雄的希冀。而月英喜欢画清秀的风景，尽管我的画功远远在她之上。

我想，即便这样一个女子真的是黑发黄肤，我仍旧万金不换，什么大乔小乔，娇妻美妇，在月英这里全都甘拜下风。

天下人活得实在辛苦。我们吃的水都要去河里挑取，于是我做了个车。我和月英用木桶去推，而坡路十分难走，月英拉车往往汗水淋漓。我问月英，你累吗？

月英擦擦汗说，好像你推车更累吧，你累吗？

朋友们纷纷抱怨，我自从娶媳妇之后便重色轻友。我毫不避讳地对他们说，你们知道我的女人天下少有。

我虽然生于乱世，而自己学了太多，便希望太多的都是完美的，这就比如在道上看到一个蹒跚的老太太，旁人觉得无须搀扶，但我觉得那些是不忍不顾的，所以便会去做。再比如研习《孙子兵法》，而实际上可以从一则兵法中变换出更多有用的军术，我看到了更多，便越来越觉得学无止境。

七月酷暑，有消息传来说中原的曹操已经坚持不住了，几次哭着要回许都，但都被谋士劝止。我对大家说，你们可看，虽然曹操能征善战，但终究实力不如袁绍。

一人说，曹操这次真不容易，曹操这个人挺能坚持的，这人像我。

我道，曹操手下有众多谋士，例如贾诩、郭嘉、荀彧，上将如张辽、于禁等，这些人个个能出奇策，骁勇善战，若单个论谋略和武艺，曹操谁都比不上。但是曹操胸襟开阔，明于大略，善于思考并采纳对的建议，这是当今其他诸侯比不上的。

大家道，再给我们讲讲袁绍。

我说，袁绍以前是虎贲中郎将，是勇士中的勇士，而且这人文武双全，一身豪气。昔年阉党作乱朝廷，大将军何进被斩，但是这个仇被袁绍报了。之后袁绍不愿和那个西凉贼寇董卓一起作乱，逃出朝廷后，成为关东军的盟主，之后袁绍尽数占领黄河以北，被封为大将军。但是这个袁绍从前和曹操是密友，从来都瞧不起曹操，而放任曹操逐渐成长为今天这样。袁绍看见曹操的势力已经扩大，而且有了皇上，于是想让皇上和曹操迁都离自己的地方近一些，以便控制曹操。但是曹操这个时候已经很拽了，他用皇上的口气对袁绍下诏，还责怪袁绍不保护皇上，把自己封为大将军，竟然把袁绍封为太尉。这个袁绍当然不答应，但是也必须给皇上上表，说我怎么怎么不答应。但是这个皇上不主要是听曹操的吗，所以这个袁绍非常悔恨自己当年怎么没把皇上弄到手。

大家道，还是皇上的作用大啊。

我道，当时曹操与吕布、袁术、张绣等人都是死敌，如果这时候再得罪袁绍，曹操可真就不想活了。从这件事上说明曹操这个人胆挺大的，但也不叫胆大，这叫霸气。

大家道，曹操这个人真是很有性格，够男人，这个人像我。

我道，曹操没有办法，只得把自己的大将军之职重新让给袁绍。但是这个袁绍虽然有豪气，却不懂得治理百姓，更不如曹操那样治军，曹操就相对聪明，知道要想得到天下必须得到我们百姓的心。

大家听到这里，异常高兴地说，是啊，不管他是什么大将军，要是不得到我们百姓的心我们就让他失败。

我和大家说到这里，都觉得异常无力。天下乱成今天这样，又何尝是百姓的心？

我说，这个袁绍的弟弟袁术当了皇帝，但是现在天下没有承认的，这是为什么？

大家说，这个已经被曹操和刘皇叔打败了。

我道，因为袁术当皇帝心里没有百姓，如果他为咱们百姓做一点儿好事，当今评论天下的人也会为他说上一句好话。

在场一个人生气地对我说道，我在这里听你说了半天了，但我认为你这个读书人很自私，自古以来都是我们百姓养着皇上，哪有皇上为我们百姓做点事的？你是不是想让皇上给你家几头驴，给你一栋房？我这辈子就是没有命当皇上，我要当了皇上，我还有啥抱怨的？你们怎么不为皇上考虑一下，光为你们自己考虑。

这个人说着气愤地走了。

第十八言　论吕布

诸葛孔明

我想天下大了，总有这么一两个可怜的人。而这天下因为诸侯颇多，人才尤为忙碌，这个人才一看这个主公不行了，便改投另一个主公，而一看在这个主公手下当不了大官，便把主公杀了，接着再投明公，有点想法和有点武艺的人纷纷想借着天下大乱过上好日子。

吕布生前已有“马中赤兔，人中吕布”的美名，吕布与曹操决战时，荆州百姓都普遍支持他。

自吕布被曹操杀死后，人们都很怀念这位“马上飞将”。

一个人说，曹操为什么要把吕布杀了？吕布这个人武功天下第一，也是我和我媳妇的偶像。给我们分析分析这个。

我问他说，你媳妇喜欢吕布？

那人说，我媳妇说吕布是真正的男人，武功没人打得过，长得又最英俊，说我给他提鞋都不配。

我想果然我的月英是这天下中最好的媳妇。

我说，吕布有比我们普通人更好的相貌和武功，也是几百个人中生不出来一个的好男儿。但是这样的人也最是我们人中的耻辱。

那人说，你是不是嫉妒他，我看你也很英俊了，你还……

我说，不是不是，你要听我说完，这吕布有着老天赐给的好相貌和好武艺，但是这吕布却没有好好珍惜，做事情从来不用脑子想一想。吕布这个人反复无常，曹操把他捉住的时候，这吕布说他可以为曹操带领马军，让曹操带领步兵，帮曹操一统天下。曹操也心动了，但是刘皇叔对曹操说，你看看丁原和董卓是怎么死的。曹操一下就明白了这吕布其实不能算是人，只能算是长着人身的猛兽，于是当下决定把这个祸害处死。而综观这个吕布，也没有一点儿心智，这人喜欢女人，无论是他主公的还是手下替他卖命的人的女人，这个吕布都要私通，眼里从来都是只有自己的私利，这样的人迟早被人厌恶，你看曹操把他杀了就是这个下场。同样一匹赤兔马，吕布为了得到它就能把自己的义父杀了，再认贼作父。而再看关羽关云长将军，曹操把赤兔马送给他，他却用来找刘皇叔。

那人气愤地道，真没想到我媳妇会喜欢一头野兽，实在是家门不幸……

大家都哈哈大笑。我一再想起我的月英，觉得她实在是难得的好女人。

我安慰那人说，吕布也有很多优点，你媳妇或许是希望你学习他的优点，所以你也不用过于自责。

那人点点头。

我每每在这样的讨论中，获得全新的道理，而这些道理不只是道理，而我今后不论做大事小事，都会按照我说的做，这样做不仅能决定生死存亡，更能决定心中是否存有不曾后悔的大义。曹操是个聪明的人，也终究不能全部克制自己的欲望，而我虽不如曹操那样雄霸一方的诸侯，但我要不仅在智略上胜过他，更要在大义上胜过他。而大义其实并非虚名，人生一世，浮躁一生，唯有心中存着对大家的善，才能使小家发自内心地乐。

盛夏七月，我和黄月英一起到襄阳市中赶集，这是夏天最大最热闹的市集，不可错过。襄阳城中不断往来着中原诸侯的马骑，人们纷纷给马骑让路。而如我所料，曹操和袁绍不久率先派出精兵相持于黄河南岸的兵家必争之地官渡。袁绍始终是袁绍，即使初战损兵折将仍然在兵力上占据优势，轻易可出动上万精骑和数十万精

兵，而曹操地处中原腹地，为了预防周边突变，能够出动的大军只有寥寥数万。

月英问我，这些骑马的军士不是荆州的吧？

我道，这些都是曹操的、袁绍的说客。都来劝刘表帮他发兵。

月英说，不知道天下为什么要打成这个样。

我说，曹操和袁绍决战，双方都希望用上所有的兵，但还是要派人来劝刘表发兵。他们明知道刘表不会发兵，一方面是希望奇迹出现，另一方面生怕刘表有变。

月英说，给你买件什么样的衣裳好呢？

我说，还是给你买吧。我有衣裳了，而且衣裳穿在你身上才更好看。

月英说，好吧，但我要给你做件衣裳，因为我觉得买的衣裳不但贵，而且不好看不合身。

我决定给她买一本她喜欢的诗赋和绘画，我对她说，现在天下人虽然还用竹简，但是也许不久纸张将在天下大兴，所以我们用的都是很前卫的东西。

买完东西之后，我和月英去了一趟岳父家，给岳父送了西瓜和蜜桃。我们本准备赶一个时辰的路回到隆中的家，但岳父则让一个仆人套上马拉的平板车，载我们回去。

傍晚诸葛均从私塾回来，在偏室入睡。我和月英在榻上一起看窗外的月钩和亮星。天上的月光英华照亮窗子，从朱阁的孔隙间透出明光来。

我对月英道，我们将来要有一女，如你一样。

月英看着窗外，一脸甜蜜道，今晚的夜色真是不错。

第十九言 决官渡

诸葛孔明

八月，天气炎热。我和月英正在吃西瓜，突然有一大帮朋友赶到隆中。大家获知消息，袁曹两军仗已经打了半年，曹操屯于官渡，虽能坚守，但毕竟兵力大大少于袁绍，恐怕不久将败退。我对他们说，曹操这个人并非十分聪明，而袁绍这个人实在太傻。纵观曹操此前的战役，良谋上将众多，但这些将领全凭曹操个人的喜怒，曹操不能够尽纳良言，所以尽管一一击破诸侯，但败仗也不少。而袁绍这个人，既不懂理政，用兵更不如曹操，从现今两军来看，袁绍仍占据上风，但袁绍不久将败。一个熟谙兵法的人问我，袁绍为何会败？我说，我可以给袁绍出上中下三策，但上中下三策皆不适合袁绍，因为我的计策无论哪一条都有虚有实，有侧有翼，但从袁绍前面打的几场仗来看，第一没有见过什么奇策，第二袁绍这个人还不能顾及周全，完全不知道怎么打仗。此人只想倚重主力，稳当地攻打曹操。但这个正是我的下策。那人说，我倒觉得这是上策，袁绍兵多，但曹操的兵都是打惯了，一个能顶两个，因此必须持久地和曹操对峙。曹操人少粮

少，势必不久将乱，因此上策就是和曹操打持久战。

我说，你说得看似很对，但你看问题没有深入，凡事要看得高远一些。从袁绍的几次战役均遭失利来看，袁绍这个人不但没有精兵，而且肯定不会治军，军纪、军心肯定不稳。但是曹操不同，曹操能撑到现在，治军肯定很严，而且他这么少的人能和袁绍打半年，也证明了曹操的确治军严明。如果袁绍再和曹操拖下去，到时候一旦曹操有奇策出现，袁绍的军队必乱。而且像袁绍这样的军队一乱就是大乱。

月英给大家上了西瓜，那人吃了一口西瓜说，你为何认为曹操有奇策出现？

我说，谁有奇策出现不是我决定，凡事要看得全，看得远，要能从一件事情推及全局。袁绍拥兵百万，但却是完全依靠人数多来压制曹操，而曹操不同，手下谋士众多，我相信曹操现在的谋士正在商量破敌办法。相反，袁绍的粮草屡屡被曹军截获但仍然未引起重视。

八月末，我听说曹军发明了霹雳车抵挡袁军攻城。我素来认为奇策无非有三种，第一采取办法使敌人军心不稳，第二采取办法使敌人处于地势的劣处，第三采取办法使敌人的战势处于劣处。而前两种则依靠智略，智略者存于内心。而第三种则不但要内心掌握，更要上手来做。想让敌军的战势处于下风，则要让我军的军阵、军纪、军粮、军械优于敌军。而军械改良又是奇技淫巧的一种，素来不为天下人重视。但我深知这些不仅能在战争中派上大用场，而且可避免军士伤亡，极大地鼓舞军心。

我画了霹雳车的图纸请人来研究，不久已将要领掌握于心，而我经过改良，自恃已经掌握了威力更强的抛石车。不久之后，我已在研究改良兵器，例如在什么样的地势下适宜用什么样的兵器，步兵与骑兵、戟兵与矛兵等优劣特性与取胜之道。我想即便我将来不为任何诸侯所用，撰述一部兵书同样很有意思。而我自信我虽自比于管仲乐毅，但学至今日，这些人也恐怕比不过我，但我又不好意思再说管仲乐毅我已经看不上了。而且老子孔子管子孙子等人也确实让我学了不少东西。

九月末，大家邀我去谈论战事。因为据内部人士透露出来的可靠消息，曹操一直未能想出迎敌之策，袁绍每日在大营高台上往曹营射箭，箭如雨发，曹操的士兵每天连吃饭和睡觉都举着盾牌。而百姓们已经实在无法忍受，都投向袁绍。曹操已经彻底绝望，一次吃饭摔了三十个碗，但是因为军粮短缺，为了安抚人心，又让人从地上把面条捡回碗里。内部人士说，这次曹操真的要回许都了。

那个曾与我讨论上策下策的人说，你看看，曹操这次真的不行了。

我便沉默。但我从内心希望曹操胜利，单从现今诸侯来说，曹操虽然暴虐，但毕竟聪明，而袁绍不仅不得人心，而且迂腐，若天下交给他，不久将会更乱。

而十一月初，天下震惊。曹操在官渡大破袁军，并发布消息说坑杀袁绍降军十万人。袁绍和爱子单骑逃回邺城。荆州人还没弄明白是怎么回事，且这次内部人士也无可靠消息透露出来，这次战役结果越发让天下人恐慌。

不久之后，士人首先得知战役的具体过程。原来就在曹操坚持不下时，袁绍在乌巢囤积了大量军粮，而袁绍的谋士因为不够团结，他的良谋许攸转投曹操。曹操听说老朋友许攸在这个关键时刻来投奔自己，高兴地光着脚就去迎接许攸。在许攸、郭嘉、贾诩、荀彧等谋士的策划下，曹操率兵夜袭乌巢，死战得胜，粮草都被曹操毁了。而袁绍的兵一听粮草都没了，前线和营寨都崩溃瓦解，数十万众竟然乱作一团。最后的结果是袁军投降数万众，曹操将这些降兵全部活埋。

官渡之战让荆州人恐慌过后，便越发安静，因为人们都知道，曹操一统天下只是时间问题。现在袁绍经过官渡大败，虽还仍有四州民众，但人们都知道，袁绍只剩下了苟延残喘。几十万人打不过曹操三万，以后还如何取胜?

不久之后，民间传闻曹操用皇上的名义给刘表写了一封感谢信，大致感谢其没有在皇上讨伐逆贼袁绍时，对皇上用兵，皇上非常感谢他。

此年冬至，秋风落叶，寒风骤至。就在我在家修葺茅舍的那一刻，月英说自己不舒服。我立即从云梯上下来。

第二十言　汉皇叔

诸葛孔明

岁末，官渡之战后，荆州人知道曹操必将统一天下。刘表为了加紧树立仁德，每到过年就大赦天下，导致许多流氓年二十七关进去，大年三十就放了出来。我对徐庶说，刘表有仁义之心，但是治国不是这么治的，这只是小惠，不是大德。

徐庶道，我听说刘皇叔又被曹操打败了，这次要来我们荆州。他也终于到我们荆州了。

我道，刘皇叔也是没地方去了，只不过这次一旦荆州被曹操吞并，刘皇叔恐怕再也不被曹操所容了。

徐庶说，他还可以投奔孙权。

我道，天下这么大，诸侯就这么多，刘皇叔几乎都投遍了，如此反复无常就连吕布也看不起他。而且孙权那地方是个小地方，军民团结，已历三世，即使不投降孙权也不会留着刘皇叔招来曹操的怨恨。只有我们荆州主公刘景升现在矛盾不定，一方面荆州基业太不容易，他的名声在那里，拱手给曹操又不甘心，但若抵抗曹操，他觉得又没那个能力，所以他会留下刘备。

徐庶道，当年青梅煮酒论英雄，曹操可是非常看得起刘备。

我道，凡事要以全局来观，曹操那时挟持皇上，必须让天下人知道他是忠于汉室，忠于皇上的，而刘备是皇叔，又素来有仁义之名，且刘备从不对之构成威胁，所以曹操能三番五次地收容他。其次刘备这个人是名正言顺的皇叔，又带兵打仗打了半辈子，虽然打一百次仗只能胜几次，但毕竟有名声。

徐庶说，实话对你说了吧。等刘皇叔来了我要去看看这个人，如果能行我就跟他了，我知道刘备没有谋士，跟着他能干事情。

我看了一眼对他道，你倒不怕曹操？刘备虽然是豫州牧，但是天下没有一寸土地是属于他的。曹操这个人的厉害你不是不清楚。

徐庶道，我这几天听你分析官渡之战，曹操这人虽然良谋善将众多，但打仗也就那样，官渡之战主要是袁绍过于不中用导致。刘皇叔这人我听说对待百姓下人都很好，如果他能听得进去意见，我认为我可以让他对抗曹操。

我突然觉得徐庶已经不再是过去的徐元直了。

徐庶道，孔明，我虽然不愿当面承认，但是像你这么聪明的人你肯定也知道，在我的心里我一直认为你的才能是我的几十倍。我们之前也说当官要在一起当官，凭你的能力，足可以让刘备对抗曹操。曹操这人虽然有能力，作为很大，但是像你说的纵欲太多，他的谋士都像是他的家奴，他坑杀屠戮的百姓也注定让那些有良心的人不愿去为他效力。但是刘皇叔这人不同，我听说刘皇叔一次饿了好不容易拿到个烧饼，但是看见路边有一个乞丐，于是把这个烧饼给了这个乞丐，像这种自己不吃饭也要让百姓吃上饭的人，老百姓支持，只要老百姓支持还有什么事情干不成？到时候你当元帅在大帐里指挥，我则在前线效力，还有什么干不成的？曹操纵然再有本事，但我们都能一一破之，天下不愁平定。

我仔细地听着，听完之后不禁失声笑出。徐庶为了治国做大事弃文从武学了这么多年，现在决定投奔皇叔，其一我觉得这是曹操的损失，曹操一心想统一天下，但自己的所做所为又不足以尽收天下人心，统一天下将会有诸多羁绊。其二我实在不知是该对徐庶钦佩还是如何，徐庶的人品和理想决定他是心胸豁达的，必定大有益于天下人的，将来做官一定是个好官，而刘备实力小到只有关张两个将领，两个将领若真的打起仗来，二十个小卒也能缚之。

我对徐庶道，我以前对你说的，都是没娶媳妇之前说的。我现在娶了个好媳妇，我已决定不效力于任何诸侯。而且我知道像我这样性格的人，我做官一不求娶二奶三奶，这样做对不起我家月英，二不求发大财盖豪宅，对不起自己良心对不起百姓。我以前对你说过，贪官表面上很快乐，但并不是真正的快乐。我与所有当官的都合不来，人家必定要陷害我。我做事向来希望十全十美，如果我做官做得太小，上面大的如果不合我意，我也必定不愿意。而我当大的，谁又肯让我当。

徐庶说，我知你这种人只能做大事。我也不是没有考虑过，我正是觉得刘皇叔很适合你。

我摆摆手说，这件事就不必再说了，等刘皇叔来了你可去看看，我为你考虑知道你想做大事已经很久了，这件事情能让你快乐。但你知道我的岳父黄承彦。咱们的恩师司马徽、庞德公都不是当官的，他们正是觉得当官太累。

曹操轻松击垮刘备后，向河北挺进，继续消灭袁绍残余势力，准备一统中原。被曹操打得一败涂地的刘皇叔已经派人与刘表接洽，不久将到荆州。这显然又是荆州的一件大事。

为了月英的身体，我让月英回娘家住。我与之相处了半年，但却不忍离开一天。不出三天，我便想得不行。我起先以为这是新婚的人都会有的感觉，但当我与亲朋出游，于街市之中或者于朋友家中，结识别的女子，我越来越觉得我的月英是世界上最好的女子。最好的与最坏的看似差距很大，但却都在一念一性之间。月英就是那样的人，她就做那样的事，懂那样的事和理，她做了那些，便成为我不能缺少的人。

第二十一言　左公叙

诸葛孔明

刘备来到荆州之后，刘表亲自驾车去郊外迎接刘备。两人互相称兄道弟。刘表对刘备客气说，做哥哥的年纪已经大了，以后就把荆州给你了。刘备认真地说，不行，这是哥哥的基业，我刘备自是不会要的。二人都是汉室之后，颇为相惜。

刘表有了刘备之后，便让刘备屯兵南阳，抵挡曹操。我虽然在南阳，但离襄阳较近。每每听说刘备前去刘表处赴宴。我对朋友说，天下大乱，这二人实是可怜。

他们说，你为何这么说。

我道，这两人在曹操面前，都是有心无力，也是最志同道合的人。曹操正在平定北方，无暇顾及荆州，曹操若取荆州，此二人处境不妙。

有识之士已经看出刘表并不信任刘备，而把刘备当作曹取荆州之前的第一道挡箭牌。而刘备从来就无立足之地，但这个人却一直不甘居人后，且一直对百姓十分仁慈，算是英杰。

襄阳城中书坊酒肆遍地都在谈论刘皇叔和曹操。曹操在北方战胜的捷报频出，每胜一次大仗曹操都为自己加封一个封号。百姓们都说，曹操已经是大将军了，听说还加封为什么司空，不知道以后还要怎么加封。又一个人对他说，嘘，曹操当皇帝是迟早的事，你说话小心点。

但对刘皇叔的议论人们普遍看好，刘皇叔本来仁德故事传遍天下，虽然没有势力，但至少是个皇叔。

一伙人问我，听说刘皇叔以前是卖草鞋的吗？是真的吗？

我道，正是。

一个人说，他是真的皇叔吗？

我说，是皇上亲封的，中山靖王刘胜之后，刘胜是先汉景帝的儿子。

那个人道，我就是问问，我还是喜欢曹操。我觉得刘备不像是真的皇叔。

又一个人立刻反驳他道，曹操有什么好的，刘皇叔的衣带诏你听说过吗？天下人谁都知道皇上是被曹操逼的。刘皇叔正是出来打曹操解救皇上的。

喜欢曹操的人道，刘备打不过曹操。以前一直帮着别人打曹操，但曹操还是收留了他，当年吕布差点就把他那个了，是我家曹操救了他。但他不思悔改，一直和救命恩人作对。

喜欢刘备的人说，我家皇叔耳朵大，是天生的贵人。

喜欢曹操的人咬牙切齿说，手下败将有啥好说的。

喜欢刘备的继承了刘备不服输的精神，马上和喜欢曹操的扭打了起来。打到后来，喜欢曹操的人捂着头求饶说，妈的，我是曹操这边的，你是刘备这边的，你怎么打得过我。

两人还要再打，立即被人赶了出去，把他们赶出去的人说，妈的，就知道打架，不知道和谐一点儿好吗？来，孔明接着给我们讲讲，为什么刘备一直打不过曹操？

我道，刘皇叔昔日靠着打黄巾贼起家，一生征战了很多年，几乎和谁都打过，但是一遇到像样点的诸侯便都打不过。但这个刘皇叔非常仁义，可能是这个原因曹操才不因为刘皇叔以前一直打自己和自己作对而杀他。但是这个刘皇叔心太大，没有固定的主公，他一直想自己当主公，你看他手下有张飞关羽二将，他能屈居人后吗？

刘皇叔以前靠打黄巾贼做了个官，但没想到过了不久朝廷说靠打仗做官的不算数，还要再考察一遍。于是刘皇叔就又去当兵，以前投的是公孙瓒，打袁绍，后来又和吕布打曹操，后来又和曹操打吕布，打袁术，打完袁术和吕布又从曹操手下逃回来，又和袁绍打曹操，但这次被打败了，所以准备来荆州和刘表一起打曹操。

大家都击掌说，刘皇叔真能打。

我说，听别人说，刘皇叔打仗很勇猛，但为什么打不过曹操主要是没有谋士，曹操谋士多得数不清，但是刘皇叔的谋士少得没有听说过。但听说过关羽和张飞都是猛将，去年曹操要打袁绍，但是袁绍的大将颜良很厉害，关羽说，我可以去杀了他。于是关羽关云长骑上赤兔马飞奔到袁绍万军之中，手起刀落，颜良还没反应过来，脑袋就不在身上了。

大家都摸摸自己的脑袋，一个人赞关羽说，关云长真乃神人。

我说，这个关羽也很忠义，曹操很喜欢大将，尤其是像关羽这样的大将，曹操想要关羽的心，就给他宝马和美女，但是这个关羽都不要，非得要回去找刘备，说自己的心一直都是他大哥刘备的。这没办法，曹操又舍不得杀他，只好让他回去。从这点也可以看出，刘皇叔这个人很讲义气很不简单，可以说是非常人也。我还听说有一次有一个刺客拿了别人的钱来杀刘备，刘备和他吃了一顿饭，这个刺客立刻感动得不想杀刘备了。从这点可以看出，刘皇叔这个人一定不简单。

有一个人说，我们能见到刘备吗？

我对他道，可以，我听说刘皇叔虽然以前出身低贱，是个卖草鞋的，但是现在他贵为左将军，豫州牧，后来又被证明是个皇叔，但是他这个人从不嫌弃别人，别说是你，就是个乞丐也能和刘皇叔一起吃饭。你要是给皇叔的印象不错，说不定还能和刘皇叔同床睡上一晚。

最后我特别提醒大家说，跟刘皇叔不像跟曹操一样，刘皇叔不会动不动杀人，相对比较安全。

当下一些邻居和一些士族朋友表示集体要去南阳新野见见刘皇叔，一睹皇叔威仪。

他们高兴地问我道，孔明你去不去？

我说，我家月英最近不舒服，我不去了。

次日上午，我决定到襄阳岳父家中看月英。我正在路上，突然前面一队马拉车尘土飞扬，有数十辆。走在路上的一招手，对车上的人说，你们是去新野县的吗？车上的人说，我们都是去新野看刘皇叔的。路上的人说，捎上我们，我们都是去看刘皇叔的。车子上了几个人后有人喊说，挤不下了，挤到后面去。

我已经走到人群里，这时正准备给车马让路，车上的两个人对我喊着说，孔明，诸葛孔明，是你吗？快上车。原来是徐庶孟公威在车上的人群里。我连忙说，是去看刘皇叔吗？徐庶说，是去看，这次人多专门找了车子，你快上来。我见大家都去看刘皇叔，自己又实在也想去看一看，便不再推辞，一跃上了车。

一路上颠簸。过汉水的时候，大江阔浪。约莫一个时辰，望见江水前方的白幡和旗帜飘扬。过了一会儿，前面的车子停下，后面的车子便也都相继停下。一些人刚准备下车，已经有去过的人说，这是岗哨检查，还没到，还要走一会儿。

过了军士的检查，又走了一顿饭的工夫，只见营帐和旗帜林立在一块空旷的地方，一眼望不到尽头，军士、兵器架、战马箭靶、灶火炊烟在山下和江水的地方纵横交错。车子依次停下，大家纷纷从车上跳下来。

我觉得眼前的军营非常新鲜。徐庶说这次领头去看刘皇叔的是伊籍伊机伯大人。这位大人正是刘表手下的官吏，但这次纯属私人造访。

不久之后，营帐中出来一帮人。我们随着人群迎上去。大人和名士已经和刘皇叔接上了头。我们规矩地立在人群中，列成一阵，等待刘皇叔对我们致礼。刘皇叔不久便来，几个人中簇首的一个中年长者笑容满面。这便是刘备刘玄德。刘备身材伟岸，面容姿雄，眼神迥异但亲切满面，耳朵果然是风闻已久的大耳。

我们纷纷低头拱手对刘皇叔致了礼。刘皇叔回礼。

大家都抬起头来，刘皇叔笑容满面地对我们介绍身边的人说，这个是麋竺公，麋芳，这个是孙乾，这个是简雍。

大家纷纷看刘备身边的人才。这些人虽然看不出有什么大才，但个个看上去都十分文彬有仪，面容和善。

人们再次纷纷致礼。这时人群中已经有人按捺不住，急着对刘皇叔表示仰慕。

此时有叫刘备左公的，有叫刘备将军的，有叫刘备刘豫州的，有叫刘备刘皇叔的。刘备问大家愿意去营寨中落座还是县城府上落座，大家纷纷说就近去营寨吧。

刘备便阔步领着众人前往中军营寨中落座。

第一排坐着刘备的麾下麋竺，和领头来看刘备的伊籍。

来客依次坐下，一个人立即开口问道，左公，小人来时怎么没有看见云长将军和益德将军。

刘备立即对旁边站立的孙乾说，公佑，你去把云长和益德找来。

一个人趁着间隙问刘备说，我看皇叔的军士个个都很骁勇，不知道皇叔现在有多少人马?

此人刚问完，旁边一人朝他挤眼示意他这是皇叔的军机，不可造次。皇叔看见后摆摆手说，没事没事，刘备不才，现在只有三千军士。

一个人客气地说，不少不少。另一个人马上站起来激奋地说，才三千这么少，皇叔你如此有才干，刘景升才给你三千人，这可怎么打破曹贼。

刘备微笑说，这位兄弟不能这么说，这次刘备落难，也蒙景升兄长收留，况且打曹贼我刘备只是帮手，到时景升兄还要派大军。

那人坐下不平道，不论怎么说，刘景升给皇叔您的人马实在太少。

不一会儿，在座的都看向营帐前面，有懂的人说，关将军和张将军来了，这时刘备站立起来，大家一看此地的主公站了起来，都赶紧站了起来。关将军和张将军走到前面，关将军的大长马刀和张将军的长戟兵刃都被军士们扛起来，立到一边。

我暗自想今日能看见刘关张三人实是大长见识，只见关张皆为四十岁左右的中年长者，二人身披铠甲，皆为威武的铠甲勇士。关羽的胡须足有数寸之长，面容黑里透红，一看就是经常征战的大将。在座的看到他的胡须，都不约而同地摸摸自己的下巴。张飞雄壮，身材伟阔。此二人都儒雅有礼地一一向我们拱手，然后立在刘备左右两侧。

接着刘备对大家道，我这里缺人才，又是曹贼的前线，如有勇士愿意在前线为国家效力，我定当感谢。说着刘备起身对大家鞠了一躬。

大家慌忙起身对着刘备还鞠。接着一个人对刘备说，我认识一个人，是射箭的

好手，等我回去之后一定给皇叔介绍。

又有一个人站起来说，我知道有一个人文章写得好，到时给皇叔引荐，我自己文章写得也不错，但我家里有老母亲。

刘备对这二人拱手说，实在是谢谢你们了。

这是伊籍对刘备说，不知道皇叔下一步有什么打算？

刘备叹了一口气说，袁本初是不行了，现在和曹贼对抗的人也只有景升兄长，我意下是趁着曹贼北上对付本初的时候，劝景升兄长带荆州之兵，从后面偷袭曹贼，一举将曹贼剿灭，然后把皇上迎回洛阳，重振汉室。

这时徐庶道，皇叔你这个计策不错，但是刘景升若真想打曹公，官渡之战时早就发兵了。

刘备叹气道，你说的是，也可能是之前景升兄长想看曹贼与本初血战两拼受损之后再打曹操，说都没想到曹操如此轻易地巧胜本初。我几天前也与景升兄说过这事情，我认为景升兄还是愿意打曹操的，只是他认为时候未到。

徐庶说，如果刘景升想坐守荆州那该怎么办？

刘备说，到时候如果曹贼来攻，刘备就帮景升兄死守荆州，也可劝孙权北上两路攻曹操。我想景升兄不会弃荆州于不顾。

徐庶说，还是希望皇叔早作打算，准备周全一些。

刘备说，谢这位明公的计策。敢问明公尊名。

徐庶说，不敢不敢，在下叫徐庶，表字元直。

刘备振色道，听说过先生，如先生不嫌弃，可以到我军中来效力，我自然会奉为上宾。

徐庶犹豫了一下道，在下家里有老母亲，容我考虑一下。

刘备只好惋惜道，我刘备也是重孝义的人，对诸公等都不会勉强，如果想来军中效力自是欢迎，如有不便也不便勉强。我刘备与曹操最大的不同是，曹操这个人残暴，我刘备仁义，曹操取人才不择手段，我刘备待诸位就像我的手足一样，我自然敬重诸公。

大家都道，早闻皇叔仁义，没想到皇叔这么仁义，我等都回去考虑考虑。如果看见有才的一定给皇叔介绍到这儿来。

刘备挨个感谢。

第二十二言 诸葛女

诸葛孔明

当日留宿营中，一些大人物与皇叔彻夜长谈。次日一早，刘皇叔亲自来送大家起程。一路谈起皇叔，都觉得备感温馨。

不久之后，我将月英接回家中。建安七年九月，一场秋风刮走了落叶，也刮走了漫长的盛夏。月英诞下一个女娃。

我给女儿取名诸葛果，我对月英说，硕者木实也，也是果的意思，而且硕果硕果，我觉得她就是我们感情的果实。我和月英都很爱诸葛果。

自得诸葛果之后，家里每天欢笑不断。

此后诸葛均也越来越懂事，特地从私塾辞了学来照顾家事。我对弟弟说，光学会作文章是不够的，要视野开阔，学到真正的本事，比如作文章可以不用艳丽的辞藻，但一定要言之有物。

某日，我正在家中照顾孩子。突然水镜先生司马徽老师差人来唤我。我到了司马徽的家里，司马徽说今日有两件事情。第一件是和刘皇叔有关。当日刘皇叔找到司马徽，请求他给予指点。司马徽推荐了几个人才以及我和庞统。但刘皇叔觉得卧龙凤雏都年纪太轻，并没放在心上。司马徽提议我如想干大事要主动去找刘皇叔，他觉得刘皇叔是个不错的主公。我说自己会多加考虑。最后司马徽说，也是，刘皇叔虽然人不错，但是势单力薄，你们也要多多考虑一下。

接着司马徽说的第二件事情让我非常惊喜。司马徽把一个人招来对我说道，我知道你想知道司马懿的近况，这是他的家人，是仲达派他来专门给你我捎信。

那人递给我一封信说，这是仲达给你的信。

我与司马懿虽然只有几天的交情，但我觉得这是一个人才，我们一直惺惺相惜，而我也看出我们彼此都在几天内颇有际遇，而我自己素来是个念旧的人。于是我问道，自建安五年仲达走后，现在快两年了，不知仲达这几年如何。

他的家人起先不肯说，但看出我和水镜先生都颇为真诚，于是关上门告知了我们仲达这几年的遭遇。我听后颇为唏嘘。

仲达因为太过有才，于是在家乡河内郡颇有名声。河内郡是曹操的地盘，太守按照曹操定制的人才方法将司马懿推荐给曹操。曹操听说过司马懿的名声，也非常高兴，要求他过来许都做官。但仲达觉得曹操是篡夺汉室的人，不是真正替皇上着想，于是装病推托。但曹操这个人疑心太重，居然晚上派人来司马懿家里试探。幸亏司马懿装得像蒙混过关。但仲达也不知道该怎么办，曹操不是好骗的人，如若被其得知，恐怕司马懿也不好过。

我不禁想起几年前在襄阳见到他的场景。忧郁中的决绝，不符合年纪的谨慎，深藏但无法掩盖的宏志。我们生在这样的乱世，无法遇到自己适合的机遇，只能无奈像浪潮中不知被卷到何处的鱼儿。

我拆开司马懿的信，四字四字的短句如乐府诗恣肆流溢，他谈论天下之道，当今汉室和诸侯，追思历史，无不深刻明了。但言语中充斥着英雄才有的落寞，如我一样。

我对月英道，在我心里总会想很多事情，但我却知道自己是简单的，我会想百姓，会想如何安置天下，会想如何让这世上的祸乱少一些。有时我觉得自己想得太多，也学了很多，看到不尽我意的地方，便会很难受。

月英道，你也有开心的时候，就比如你以前说的，那样的兵法本来是那样的最好，但他们说这样才好，你知他们的不对，你会替他们惋惜，也会为自己是对的而高兴。

不久之后我给司马懿回了信，我见司马懿在信中说自己很向往荆襄，于是将自己对荆襄的一些看法总结写给了他。

司马懿在曹操手下的境遇，不禁让我这个同辈倍加怜惜，而我更觉得曹操不能尽收人心，将来一统天下必有阻碍。

此后我去徐元直家，元直对我说，刘备这个人真不错，可惜就是太仁义。自从那次前往新野拜访刘备后，元直此后去了好几次。徐元直曾当面问刘备，刘景升不能够抵御外敌，如果让您来代取荆州，明公可愿意?

刘备摆摆手还是那句老话，说曹操暴虐，刘备仁义，曹操不择手段，刘备礼让贤士，取别人的地盘则是不忠不仁不义。

我问徐庶，你现在有什么打算?

徐庶说，我家里有老母，但我仍然想做点事情。你知道我心中一直有天下人。我昔年弃武从文，为的就是用自己所学的报效朝廷。这些年我苦学治国之道和用兵方略，虽然还和你有一定差距，但我认为自己也不比曹操的谋士差。

我说，你绝对不会比曹操的任何谋士差。刘备虽然仁义，但是他应该知道想做大事必须要做一些自己不愿意做的事。现在荆州太平，将来曹操灭了袁绍，必然来取荆州，彼时荆州必乱，趁乱取了荆州，还有什么说不过去的?

徐庶说，我现在该怎么办?

我说，依我之见，为保稳妥，你可以再观察刘备。择主就像娶媳妇一样，是个大事，我向来瞧不起那些接二连三换主公的人，这证明他们没有眼光，另外如果连主公都要接二连三地换，这样的人品行也大多很差。凡不修品行者，在我看来，纵然过多有才也没有什么用处。

徐庶说，我这次真的认为找到了一个好的主公。我以前想他会像光武帝一样，雄才大略，没想到刘备是这个样。

我道，其实我也这样想过，但我认为这件事情还需考虑，不能轻易定夺。

徐庶说，你的性格就是这样，我还是那个意思，我觉得有我们两个来辅佐刘备，曹操纵然有再多谋略，也是无计可施。

我说，你要知道我有月英，我不是一个人。

徐庶说，我知道根本不是你媳妇的事，还是你以前说的，你只能做大事，怕刘备不会重用你。但我感觉刘备正适合你。

我道，今天不谈这事，我明日收割谷子。

第二十三言 孟公辞

诸葛孔明

建安八年，诸葛果已然听得懂父母说话。同年，荆州得到消息，昔日十八路诸侯盟主袁绍抵挡不住曹操精兵不断袭扰，袁绍亦一命呜呼。

我对大家道，袁绍败给了自己，不是败给曹操。曹操的本事不用高估，袁绍的死却应当低估。并且为将者不要做袁绍那样的人。

一个人道，真是没想到，昔年大家最怕袁绍，现在他成了一个笑料。

我道，岁月就是那样，它会改变一切。然而岁月是一时一日的积累，他是那样的人，他会得到岁月带给他的结果。

一个人说，孔明，我听说你媳妇也是个才女，上知天文，下知地理。你看看你现在也变得有点女人了，这样那样的。

另一个人反驳他道，孔明说的都是道理。

一个人道，昔年袁绍也有过很多胜仗，为何这次败得这么惨，是否说明曹操太厉害？

我道，昔年袁绍与公孙瓒对阵，能够身先士卒，因而手下将领能够大破敌军，公孙瓒离心离德，终被袁绍剿灭。这并不是袁绍过于强大，而是对手不如袁绍，但这次袁绍遇到了更强的曹操，自然敌他不过。综观袁绍的表现，连我这个没带过兵的都觉得他不适合做统帅。但凡出师行军，能够百战不胜的军队一定要有好统帅，因为军队作战是上下齐心，从将领到士兵是一个密切合作的整师。

我每读兵书，便深究兵法的意思，找出这条兵法利弊的两面，并仔细想着在千军万马中破敌的场景，反复论证，以避免纸上谈兵。有时，我从其他人的口中偶然得到灵感，这些往往能加以改良前人的观点。

某日，老朋友崔周平、徐元直、孟公威、石广元突然来到我家中。孟公威和石广元对我说自己要去投奔曹操。

孟公威以前从讨厌曹操直到认定曹操为当世唯一的明主，到现在终于要北上投曹了。我一时间觉得自己不知该说什么。原来朋友迟早要分离。

我尽管对曹操不甚喜欢，但依然不好评论此举。只能尽量表现得平静。

石广元和徐庶是同乡，然而徐庶说自己是决计不会投曹的。孟公威说，没有办法，如果你想做事情现在曹操是唯一的选择。

我笑说，我知道你很有能力，我以前说你能当太守你万不可一直在意，人总在变。当然我希望你做官之后爱护百姓，至少你可以想我就是个庶民百姓。

孟公威说，这事我也已经想了很久，我知道你和元直都不屑曹操，但是现在除了他之外其他人根本不行。况且曹操礼爱贤士你是知道的，至于他多要点美女，屠戮一城百姓那毕竟和整个天下相比，还是件小事情。

我笑说，你是对的，曹操和历史上其他君王相比，要的美女也真的不算太多，无论他要多少美女，只要他能让老百姓吃上饭，老百姓都会原谅他，因为天下的老百姓就是这么忍下来的。

孟公威道，有件事情，我必须要提醒你，我认为人不能一直活在梦中，你以前对我说，你希望天下人人不犯法，上头不贪污，下头不偷盗。你虽然很有能力，但我也不得不批评你一句，凡事过得去就行，你我都想好，可是那毕竟不是现实。凡事说得过去就行。

我知道孟公威素来说的都是实话，彼此争论从不会伤了和气。但这次他将离别，我甚至不想与之辩论是非。

我道，我知道，也知道这样的场景是在梦中，即便是文帝景帝，也不可能让天下这样好。只是曹操私欲太重，你在他手下做事，万事小心一些。我真的不希望你有什么事。

孟公威道，也好，孔明，我这次就是先去曹操那里当先锋，我要觉得好，我再把你们都召来。说真的，这个天下没有第二个像曹操这样了，这天下眼看就是他的了。

我说，你此去不必想太多，曹公之所以胜到现在，也必定不同于常人，他是个聪明的人，而你也不傻，所以我为你的前景看好。

孟公威接着对徐庶说，你我都是同乡，我们一起来荆州，事事不分开，但这次我却要走了。你一直想做点事，如果你有一天想通了，就来曹操这里找我，我不管混得好不好，都会尽量帮你。

徐庶说，我也真没想到，现在就这样分开了。如果有机会，我们还要再相聚。

孟公威道，会的，我相信我们以后还会再相聚。

当夜，我们几人同床而眠，对酒秉烛彻夜畅谈。

而翌日黎明，故人就要辞去。我想时间真的能改变一切，我自以为已想得周全，想得长久高远就能涉足终点。而那看似遥远实则短暂的时间的尽头，诸事都会成空。

就在孟公威离去的那一刻，我对他说，我听说曹操最喜欢你们颍川人，天下的谋士十之八九出自那里。你此去，一定会很好的。

望着孟公威边走边回头招手的那一刻，我知道前面的时间永远是我无法预料到的，而我也不知道，我的前面究竟是什么样子。

建安九年春夏之际，我的家境越来越好。粮谷之余我种了很多西瓜、黄瓜，很多人路过西瓜地看着西瓜非常羡慕。我站在路边看着，心中对他们说，你们其实可以下去吃一点儿的。

我虽然制造琴弦并不用于来卖，但屡有人表示愿意花重金购买好琴，而这些买琴的人大多富贵有余。我虽不贪多财物，但仍旧乐于接受。

我越来越觉得我和月英是如此相像，会在同一时刻想起做同样的事，已经知道对方会忽视什么，且不自觉地提醒。那就像是夫妻本就是不可分割的一样。

我仍关注天下大事，每每将自己比作管子晏子。我仍酷爱兵法，我自信若加以历练定能超过孙子，以及历代任何一位名将。而月英并不爱兵法，但喜欢故事，并不爱地理，但喜欢地理上的人物，并不爱治国之道，但希望处处看到祥和。我有许多话并不能和朋友说，都说给了她。我越来越觉得，原来姻缘就是要找到一个能和你有说不完话的人。

而春夏多疫疾，周围死了不少孩童，大人尚且抵挡不住病疫。月英寸步不离照顾诸葛果，她希望孩子快点长大。她对我说，孩子小的时候真麻烦，而且老是长不大。我知道她的担忧，翻遍医书，以求自保。每逢周围有孩子死去，月英的脸上都挂满了担忧。

我对她道，你如此善良，诸葛果一定没事的。

月英郑重地说，我知道她定然是会没事的。

顿了一会儿，月英又道，还是快点长大的好。

但诸葛果终究没有挨住。这孩子死后，月英为此痛苦不堪。

她从伤痛中渐渐好转过来。我所在的南阳郡当地县城有一年一度最盛大的集会，月英尚未恢复，我便和她到县中去逛。

第二十四言 不相立

诸葛孔明

我对月英道，我遇到了你，真是幸运。如然你为了诸葛果消沉下去，我便很不幸。我知道现实总非一帆风顺。但我们就这样平平静静、安安然然地度过此生，等我死的时候，我便没有丝毫怨言。我知道，我来这世上一遭，心中记得你，遇到了你，远远比得到黄金珍宝要快乐得多。

月英黯然道，我们都那么喜欢诸葛果，可就是那样她还是没留下。这世上有些情感是甚于黄金的，虽能让你痛苦，但更能让你快乐。我伤心之时是会想到你的，看到你那样子突然就觉得自己不该，我该知道自己不是一个人，从那天开始就不是了。

我道，我知道你说的那天是哪天。因为我们俩早已经合二为一了。如果你有一天不在了，我便也不会长久。所以你要知道你不只是你自己，你便其实也是我。

月英道，虽然我不会说，但我觉得自己也是那样想的。

我道，我们没了诸葛果，但会有其他孩子。

月英说，知道了，你不用担心，我定是会让自己好起来。

建安九年，曹操攻进袁绍老巢邺城，但袁绍的继承人袁尚等北逃辽东。曹操一边在河南、河北屯兵种粮，收罗民心，意欲彻底打败袁绍残余，并统一南北，一边开始在邺城修建铜雀台，以便自己在作诗的时候包揽天下美女。

不久孟公威给我和徐庶来了一封信，信中写道曹操待人很好，以前的老朋友杜子绪都在曹操那里做了大官。如我们想通了，可以去那里做官。

我知道孟公威素来为人忠直，一再感激他，并问候致意。徐庶写信给他说，若将来事有突变，“两不相立，公自为重”。我知道他写这八个字的意思是，仍然想要帮助刘备做事，并对抗曹操。

但曹操越来越强，河南河北尽收麾下，已有数百万子民。曹操又特别聪明，知道这么多百姓要几个美女可以，杀几个不喜欢的人也可以，但若想靠着他们得到整个天下，至少先要让他们吃饱饭。

而刘备整日在新野靠着别人给的兵，在别人的猜忌之下荒废度日。有消息说刘备整天摸着自己的肚子说，不打曹操这么多年，我越来越胖了，我很快就老了，还没有什么功勋，也没能把皇上救出来。我真不知该如何办才好。

而天下士人皆知，当今大局已定，抗曹实属逆天。徐庶仍然不甘心。

徐庶说，刘皇叔在荆州非常受人欢迎，他贵为帝王之胄，我们每去他那儿一次，他动不动就亲自给我们敬酒，觉得自己碗里有块好肉，也要给我们吃。你说这样的主公哪里见过，这样的人怎能不得民心，而且他又对有才的人十分敬重，不像曹操，你看他的谋士许攸，这才刚刚把袁绍平定，就把许攸杀了。

我道，那你有什么打算。

徐庶道，只能依你说的再看看，我也要抓紧学习兵法，曹操来攻荆州不过是时间问题，而刘景升这样的名声是决计不肯投曹的，他至少是姓刘，知道拱手给曹操江山便要改姓。彼时荆州一乱，如果刘皇叔真的有代取之心，抑或荆州需要仰仗刘皇叔，我便去投他。

我道，其实我并不担心刘皇叔不要荆州，但曹操过于强大，不是你说和我说的便可估计，他已得半个天下还要多。而刘皇叔没有立锥之地，即便日后再把刘璋张鲁的地盘得了，如果抗曹，天下势必又将陷入长久之乱。曹操和孙权民心稳固，没有民怨，上下齐心。自古以来有足够多的疆土的列国，只要修理内政，善用贤人，都不是

外敌所能对抗的，即使是孙武再生，也没有办法。但将来是什么，我们无法预料，但我知道自古以来如果开国君主私利过重，严苛对人，他的朝廷势必不能长久。你可以想到，上梁即使很正，下梁仍然可以歪，如果上梁都不正了，下梁则更歪，就像秦朝一样，是个短命朝廷。曹操虽然是一位明主，但想得并不高远，他如果想让曹氏有先汉的遗风，必须和高祖光武一样，尚仁义，重情义，后世才能诞生出文景二帝，但曹公为人肆意暴虐，我断定其绝对不会像先汉一样，长久持续。

徐庶道，依你所说，跟刘备还是有希望的，但是希望不大，至少是眼前。

我说，我言下之意是要你考虑清楚。曹刘悬殊过大。曹操和孙权都不是当时所能灭亡的，只能在其有变时方可攻而伐之。

我想，天下不是像说书人说的那样，军队多就可以击破城池，夺取疆土。如果百姓齐心，任用贤人，就如春秋时候的列国，即时疆土再小仍然可以固守。打仗也不是靠想象的那样，单有孙武、吴起等名将就可以克敌，战无不胜，如果治军严明，部署周全，军将奋勇杀敌，虽少亦能不败于多。

一天，我突然接到从吴郡捎来的一封家书，原来写信的是大哥诸葛瑾。大哥在信中说自己有了个孩子，问我婚后生活怎么样。我随即给大哥回了一封信，告知生活安定，家境也愈来愈好。

我在信中得知大哥已在东吴做了大官，心中不禁为之高兴。我和月英一年多下来，仍无子嗣，但我仍觉得有月英就足够。我们闭口不再谈此事，但我们都知道我们希望要一个孩子。

建安十一年，随着年纪的增长，我的名气越来越高，结识了马家五兄弟、廖立等人。徐庶依旧徘徊不定，我觉得我们就像秋风中的树一样，不知道该留恋夏天还是该坦然迎接寒冬。

但终于有一天，他说，司马徽把我们俩推荐给了刘备。我已经计划去辅佐刘备。我说，你家里还有老娘。

他说，已把老娘安置妥当。刘皇叔在四处招人，这是个干大事的人。曹操在北方养精蓄锐，我不能坐等他势力壮大。

我说，希望你万事顺利，但刘备从未找过我。徐庶说，说实话你年纪太轻，让一个皇叔亲自找你有点不妥。

我说，无论谁找我，我都不想出山，你知道我家里有媳妇。

徐庶说，我最牵挂我的老娘，但我仍旧愿意出去干大事。作为朋友，我不想多说什么。我这趟就先去看看，当然我们都不会强迫你，刘皇叔也不是那样的人。

徐庶在我家里吃了几根胡瓜，两日后便投奔皇叔，刘皇叔非常高兴。

一月后，我听说刘皇叔主动与曹操在南阳的守将开战，并取得小胜 。四月后前线平静，但听说刘皇叔整日训练兵马，斗志昂扬。

不久之后，徐庶带领四骑跑来跟我说他现在已经在刘备那里做了军师，刘备待人果真不是一般好，并对我说已经向刘备推荐了我。

他对刘备说，为您推荐一个叫诸葛孔明的，这个人才能是我的十倍。刘备说，你让这个人来吧。他说，这个人不是一般人，必须皇叔亲自去请。

刘备说，这个人贵庚，家住哪里，擅长什么。

他说，这个人二十出头，家住南阳隆中，擅长治国之道，兵略娴熟，上通天文，下晓地理。刘备笑笑说，这么年轻就有这么大的本事，好好，有空定去看看。

徐庶对我说他已经看出刘备对我并不放在心上，他依旧会去劝他。但希望我能主动来找刘备。

我拒绝说，即便皇叔亲自来找我我也不可能去。

徐庶走后我想，朋友一个个各谋其职，虽然身在乱世，但他们心中毕竟自有他们的坚定，而我却是最彷徨的人，我是否真如他们所说的，对万事要求过高?

我对月英说，你看我的朋友一个个都走了，他们终究希望自己干点大事。但我觉得自己比他们强很多倍，却又不愿去。

月英说，我知道他们想的比你少很多，你总是顾虑太多，所以你不会轻易去的。但你的朋友想的就没那么多。

建安十一年秋天，我在地里收割稻谷，然后装在车里，月英在前面拉车，我在后面问道，月英，你累吗?

月英说，你在后面推车更累吧，你累吗?

于是我便更加有劲。

第二十五言　大人物

诸葛孔明

秋风落叶，叶落飘起。

一日，我正在井边汲水。

忽然听得门外几声马嘶。

紧接着一个邻居跑过来对我说，孔明，外面有个大人物找你。

我道，是谁？

邻居说，不清楚，骑着大马。好像是个大官。

我出去到门外一看，几个兵众打扮的人正有说有笑，不一会儿为首的几个人已经在门外的树上拴好马匹。我赫然看见后面有二人是刘皇叔和徐元直。徐元直在远处看见了我，对刘皇叔朝我指指点点。我急忙迎过去。刘皇叔和徐元直满面微笑朝我致礼。三人行礼。我想，这个徐元直终究是把自己的主公找来了。

三人坐下后不久互相客气了一阵。刘皇叔说起自己的过往，说道自己承受天子的衣带诏，身负扶汉大任，但自己就是没有人才，所以这么多年败成这样。刘皇叔摸摸自己的大腿说，先生，这几年我在荆州不打仗，我的大腿肉也长起来了。我时常就叹息，圣贤人说四十不惑，我早就不年轻了，我打仗打了大半辈子，每当我想到陛下没有让我救出来，我的心比在战场上让敌人用剑戳，用刀绞都难受。先生你可能不理解我，我自小谨记圣贤的话，丈夫做事就应有丈夫的气魄。我平常也不多说话，这元直也知道，但今日我见了先生，我就与先生谈起我那些过往。大男儿到了今日还做不出功业，我便该如何是好？

我见刘备实是凄然，于是便用历史上那些深处苦难但最终成就大业的人安慰之。徐元直看看他的主公对我说，孔明，皇叔这个人我在军中有所了解，比传闻的仁义还要仁义百倍，凭你的大才给皇叔做事你还怕什么？皇叔上一句说得好，大男儿不做大功业便在家里只学着做饭吃饭？孔明，作为你的朋友我不禁劝你，做事还是要磊落一些。皇叔这是亲自来看你，你也别太那个了。

我道，在下这次能见皇叔实在是万幸，皇叔仁义着于四海，在下也是仰慕不已。不怕对皇叔说，在下这点才能自己也是知道，诚然是恐怕耽搁了皇叔大业。

几人谈到天色不早，我仍然未置可否。于是刘皇叔与徐元直只好辞去。

没过多久，刘皇叔领着一名大将又亲自到来。刘皇叔来了两次，我觉得自己心中不安。

不过一日，刘皇叔一行人又来找我，而且刘关张和徐庶都到齐了。刘备一来就对我说，这次请先生教我治世方略。

这些便是我感兴趣的话题，我立即拿了一张图纸，上面画了天下九州。我对刘备说，明公您看这个原先是曹孟德的地盘，这是袁本初的地盘，这是西蜀刘璋，这是咱们荆州，这是江东。

我对刘备分析了天下大势，就像我对士人所说的那样。现在曹操之所以攻克袁绍，虽然看似是侥幸取胜，但实际上是人谋取之。曹操兵众少名声弱，但就是可以把四世三公的袁绍取代，这证明曹操的谋略非凡。诚然现今已经无法与曹操对抗。此外江东的吴地已经历经了孙坚孙策孙权三世，上下一心，如今也无法轻易可以击败，相反可以与之结为盟友共同抵御强敌。我对刘备说，你看我们只要把荆州这个地方一占，从这儿北上南阳宛城洛阳极其容易，这个地方是当年光武帝起兵的地方，再把益州这个地方一占，这个益州是当年高祖起兵的地方，到时候便是三足鼎立，三分天下。然后乘着曹操这个地方一乱，您从益州这个地方起兵，再用一员大将从荆州这个地方起兵，而且您信义着于四海，到时候您的两路大军一到，百姓能不都拿着井水和大饼来欢迎您吗？到时候您的霸业也就成了。

刘备赶忙看向地图。我说完之后，刘备还意犹未尽。过了一会儿刘备兴奋地说，先生当真不是一般人，您看我刘备现在住的地方都是别人赁舍给我的，但听先生一说这个地方那个地方的，我好像马上可以得到整个天下了。

我重新说，荆州这个地方南通南海，北据二水，东连吴会。

但是荆州主公不能守住他，这恐怕是天公专门资助给您的，不知您有没有意思？

我想如果刘备对荆州没有意思，我也便不好意思出山。谁知刘备说，好。

我说，其实夺取荆州益州也很艰难，并非只是说说这般容易。也因而在下能说这一番话也不是有多难，说起来不难，做起来却是万难。

刘备露出恳求之色说，听先生这么一说我更觉得当下只有先生能辅我成大事。先生还是应我了吧，将来在座之人干成了大事，到时候青史留名，即使不是青史留名，我大丈夫干一番雄心壮志也不辱没了一生。

第二十六言 弃家妇

诸葛孔明

我沉默不言，不知该怎么回答。但刘备又说：

我一生虽然打的都是败仗，但我向来相信得民心者得天下，我这么多年来一直跟曹操比，虽然知道曹操看不上我。我这么多年一直想建功立业，一直不甘臣服曹操。那是因为我知道民心，我知道仁义。曹操和我相比就像水和火一样，曹操是火，我刘备就是水，曹操急躁，我就宽厚，曹操暴虐，我便仁慈，曹操狡诈，我就忠诚。凡事和他不一样，我就有可能得民心有成就。所以我这么多年来一直信守忠义，但一直没有人才。所以我有抗曹之心，但无抗曹之力。先生如认为我刘备还算是忠义之士的话，恳请你出来帮我，也帮天下子民。

我想此时不表态也不行了。我一个种地的庶民百姓，而且又一直想做大事。而刘备显然又与曹操极大不同，虽然智略不如曹操，势力和曹操相差千倍万倍，但真如他所说的，这么多年来他一直把曹操当作火，而把自己当作水，当真不易。

我想自己不出山都对不起皇叔了。我虽然一直研究符咒天象，但未来之事真不是人力可测。而我也许真的要跟着刘皇叔担起一片天下。而我要做就要做得很好，比曹操更好，比文景之治、光武盛世更好。因为我知道天下该是什么样的。

我正在思考，突然觉得有点妇人之性，于是告诉既然刘皇叔思贤若渴，又有争雄曹操的雄心，我一介庶民，枉被抬爱，也只能出山了。但希望我准备一日，一日后再出发。

刘备顿时从椅子上高兴地站起来说，好，只要先生肯来新野帮我，怎样都可。我看先生还有个夫人，温婉贤淑，到时候也可以把夫人接到我营中。到时候我与先生共计天下。

我道，家事就不劳您费心了。彼时如果想要与曹操抗衡，荆州必须到您的麾下，到时候在下再接妻室不迟。

刘备与关羽张飞尽兴而归。虽然占领荆州益州与曹孙三分天下对我而言想出来确实非常简单，但我仍然不敢相信刘备能完全听信，纸上谈兵可以，事情真的做起来肯定很曲折。但我又想，刘备素来是听谋士之言的，到时如果真的能听取意见，我也许真的可以做到至少三分天下，等强曹变乱，再率军取之。

当晚对月英说起这些的时候，月英神情黯然。我安慰她说，你放心，我可以让刘备代取荆州，届时你不用担心会有什么不测。

月英幽幽地说，我不想让你去，但又想让你去。

我叹息了一声。

月英道，我知道你喜欢那些治国的韬略，总是能看见你说那些。如你不去，我知道你终会后悔的。

我想这就是为什么人们说人生得一知己足矣。

我说，我知道你担心我的安危，但我知道终究不会有事。

沉默了一阵。

月英说，你会来接我吧。

我道，定是会的。

当晚月明星稀，月英逐渐在我怀中入睡。而我看着她依旧未眠。不知何时，月英突然醒来说，你怎么还没睡，快睡吧。

我便在一片漆黑中闭上眼睛。

次日，我取出琴来，弹奏吟唱《梁父吟》。而明日就要前往百里之外的新野，前面会发生什么，我真的并不知道。

月英在准备东西，我对她说一定要把她给我的羽扇拿上。

与她一起来到茅舍后面的山上。风景宜人。但我们不知为何，沉默了半天。

月英说，你就要走了，你心里一定有很多话说吧。

我回过头说，是的。

月英说，你真的不用替我担心了，倒是你自己，去打仗是很危险的。

我说，知道了，我定会注意的。

便许久没有话说，二人依偎在翠山之上。我想，此生有了这样的妻子，我还希望再有什么呢。

第三日，我交代了诸葛均和月英，今后这个家就落到月英身上了。一个名门望族的千金，跟我种地这么多年，我实在并不知怎么说。而现在我为了所谓的黎民百姓，又将弃之，我的罪孽实在是太深重了。

第二十七言 军之师

诸葛孔明

我穿上了自己最好的衣服，拿着月英的羽扇，坐上了借的一架牛车，准备去做改变天下的大事。而我自己的妻子和弟弟则忍受着别离之苦。

我行到半路，就看见一伙人在路的中央。我认出了一个是来过我家的刘备的人，那个人也立刻认出了我。原来此人奉了刘备的命令已在半路接了好几天。换上此人的马匹之后我看着路上的风景，心想前路就是那样，永远无法预料，但是你不死，仍然要前行下去。

到了营中，已经有人前去通报刘皇叔。不久之后，刘皇叔已经到了县中，刘皇叔连忙让人安排住宿之地。我见到了了徐庶，也非常高兴。我们盟誓要在一起做官，现在终于到了一起，尽管是无立锥之地的刘备这里。但是有这样的朋友，我觉得前路再艰难也诚然好走。没过多久，刘皇叔赶来看了看高兴地说，我本来准备与先生同枕共寝，但看你和徐军师是老友相逢，你们俩今夜一起睡吧。

当晚徐庶向我介绍营中一切，徐庶说这是麋竺是刘备的宾客，此人当年将一万奴仆交于刘备，是刘备的救命恩人。我说，当年皇叔这么多人，现在败成这样。

徐庶说，我到了营中才知道刘皇叔为什么会一直败，刘皇叔各方面都不行。人才凋零，你看糜芳孙乾简雍这些人不堪有甚大才，但是为人都还不错。皇叔仁义，但是天下也不是靠仁义就能打下来的，就要靠治。另外军队散乱，军中事务多而乱，但是也无人治理。有一次我问他们一个当官的这个东西这事怎能这样，为何你们不改正。那人说从我来这里就是这样的。还有一次我问一个管事儿的这个东西你应该看到，不能无动于衷，这件事非常重要，他们管事儿的说我们不知道。你看这就是理由。还有大多数人不甚殷勤，缺乏一套制度。这正是你我要做的。我们两人将皇叔军中散乱的聚合起来，使皇叔真正有气力。依你的才能使皇叔匡扶天下又有何难，你道是不是？此外我还告诉你这里有三个主公，刘关张都是武人，但这三人也都读过书，能够识字作文，张飞平常爱画美人图，有事没事让我们看看他画的美人怎样，你只要知道他喜欢这些，与其交往并不困难。关羽相信你一看他你就知道，他最爱摸自己的胡须，也就是最爱自己的胡须。这三个人虽然忠义正直，但是关羽张飞脾性暴烈，刘备也劝不了他们，不过以你的为人，只要让他们知道你是这里的大才，他们需要倚重于你，这二人也不会糊涂。这是要注意的，但也不用畏首畏尾。刘备之所以以义着于四海，那他的军中也是讲道理的。

我道，不会不会，听你一番言论，我反倒觉得此处倒很合宜。此外你一直称赞我是大才，其实我倒认为你才是大才。我们二人合力，大事定能成。

徐庶说，你看看你最终还是来了，说实话我其实不担心你不来，但你绕了这么大圈子，这是何必呢，早来这里做些大事有何不好？

我说，我想得太多，顾虑也有太多，我不知这是好是坏。

徐庶说，你倒别说，如你是平常人这不算好事，但你这人勤奋好学，懂得多看得多，再加上你小心顾虑正是堪大才的人物。

一夜共枕，两人互相吹捧也互相鼓劲。床边没了月英，换成了陌生的屋子。我和徐元直，此生唯一可以称作相知的伙伴一起在乱世中梦想着建立那样的盛世天下。

第二日，我早早醒来。徐庶说你昨日赶了路程，今天再睡会儿。我说无妨无妨，我先四处看看。

不久之后，军中已传闻刘备新请到一位军师。刘备召集幕僚和大小诸将分派军务。刘备对我说，先生你和元直军师都是一军之师，看看我军中哪些做得不好尽管来指点。

不久之后，我已在军中处理军务，定制军计。军里手下因为军计得当，欢欣鼓舞。我和元直合力商讨处理事务，使得军中大变。元直做事决断迅速，从不疑惑。我才第一次觉得我的朋友真是一位难得的大才。不久之后，得于军中诸事处理迅速，全军上下一派肃清。

我开始用自己所认为的兵法制定军制。因为无论政务再好，都只是为了军队更善作战。

一月之后，军令已详尽到“军井未汲，将不言渴，军食未熟，将不言饥”的地步。其意是告诉全军将领要真诚对待士兵，并以自己作为楷模。行到具体则是无论在任何事上将不能有高于兵的待遇。就好比如果水还没从井里汲出来，当将的不能先说我渴了。而军中的饭食如果还未煮熟，当将的不能言语说我饿了。

不久之后这些军令引起全军争议。一些将领暗中嘀咕说，我是当大将的，他是当小兵的，我本领比他强，我要是渴了有水当然应该是我先喝。而且我想喝我先喝，我不让小兵喝，小兵就不敢喝。

一些士兵说，新来的军师把我们当人看。

还有一些士兵说军师是在做样子，关键时刻还是大人物先喝，因为军师也是大人物。

不久之后，关羽张飞居然也来找我。把军令扔给我说，你看看，你这样做导致当将的不满，我们没了大将还打什么仗?

我手下的被安排过来打下手的人看到情形不对，趁着间隙机敏地溜了出去。没过多久，刘备马上赶来，刘备一来，沉下脸，召集军中文武议事。

刘备道，你们当中有些人一直跟着我，知道我们过去是什么情形。我们过去军中府中一团糟，将怨民怨，但大家死心塌地跟着，那是知道我刘备真诚对待大家。自从元直孔明二位到来，再看看我军中变成了什么样？孔明军师到来，每日都不闲着，你们实在也看到了，他每日劳累为我军，是想让我军能打胜仗。孔明每次制定军令我也都看过，那些也都是我同意了的，你们谁再说什么就是和我过不去。孔明是军师，师者如父，是全军每一个人的师父，他说的话你们无论是谁，在军中有何地位，也必须听从……

接着刘备又转过身来看了看关张二位将军，对全军说，我刘备就像是鱼，孔明就像是水一样，鱼得了水方能生存，今后我不想再听你们说什么了。

此次过后，由于刘备提携，我便在军中树立威信。而做什么事情都是不易，即便是想做一些对自己人好的事情也会有非议。我认为身高八尺，虽然不比关羽张飞身强体壮，但我心中自有那些坚定是他们所无法比得的。

不久之后，我已在全军中树立威信。赏罚必须分明，执行而不疏漏，士兵便奋勇如命。

第二十八言　五千兵

诸葛孔明

我想人大多都知道哪些是正确的，如果法度让他们无法得偿私利，而每个人都公正无比，无论是将无论是兵都会觉得这军中不错。因为那其实才是真正无瑕的军队。

曹操派大将夏侯惇、于禁率领十万大军攻新野。我和徐庶认为作为军师这是自抗曹以来第一次遇到的战役，而且一下子就来十万，新野只有五千兵马，加上刘表给的一点儿援军不过万余人。但新野军队正如我预料，经过半年操练，已和我刚来时大有不同，兵将齐心，行动如风。

我向来认为兵者靠奇为胜，尤其是以少胜多，最后我和徐庶达成共识，选择狭丛地势，以诈败迎敌。为了诈败诈得像一点儿，我对刘备说我们可以再烧毁营寨，舍不得营寨引不来敌人。刘备一发狠说，为了抗曹，可以再烧些兵器和被子。于是众将士纷纷把不用的衣服烂甲改装成辎重。然而伏兵设伏并非简单地隐藏，而要选择最适合的地势，要拿最适合该地势攻击的兵器，还要依照地势尽可能编排最适合伏兵的细则，例如多少里多少伏兵，并且在设伏的过程中尽可能壮大声势迷惑敌人，有一些伏兵是专门鸣鼓蛊惑敌人军心的。这是我和徐庶第一次抗曹，我们自然非常用心，尽管我们能想到的都想到了，但还是极为担心。

不久之后，我在营寨中望见对面黑压压的一片全部是曹军，最后，刘备引关羽张飞前去与曹操抗敌，刘军杀了一会儿，打不过后撤，一些军士把旗子都扔了，到了营寨中，刘备说，曹贼太厉害了，赶快烧掉辎重，使人南撤，快逃。说着刘备开始逃窜，张飞赵云等纷纷后撤，我在埋伏的地方看见刘备这样。我担心地对身边的徐庶说，咱们主公扮相很像，但你看有的士兵还不行，离敌这么远就扔旗子。我们以后还要抓紧操练士兵。另外关将军也太假了，依照关将军的性格，怎么也得多杀几个士兵，现在就撤退，不知道敌人会不会怀疑。

徐庶说，没事，如果敌人不来，就当防守，辎重也没多少，都是些不想穿的衣服和一些不想洗的臭袜子，烧了也就烧了。

我们看见敌人停下进行一番思考，我对徐庶说，无论如何，我们不要小看曹贼的人，曹贼能胜到现在，不是一般人可比。

不久之后，敌人首将经过一番思考，他定是认为我们即使有伏兵也不可能拿他们几万大军如何。于是几万铁骑纷纷踏上了博望坡。等敌人一走近，徐庶一挥手，千鼓齐鸣，第一路伏兵五百人冲上去截击最中间的敌人，最前面的敌人和最前头的敌人纷纷向中间溃乱，接着第二路伏兵分别杀出，第三路直至第八路伏兵分别杀出，敌人瞬间晕头转向。我和徐庶都拿着鼓，以壮声威。敌军已经没有了还手之心，在我军的一片奋杀中纷纷溃退，紧接着四面火起，血流成河，军士们在一片兵器敲击声中喊着杀啊，砍死你等各种壮威的话。

此战胜利后，全军上下士气大涨。刘表派人来祝贺。刘备对我和徐庶说，我有了二位，何愁大事不成。

不久之后，刘备的甘夫人生了儿子取名刘禅，刘备中年得子，更是喜上加喜。

尽管我有了一大帮人，要做最荣光的事情，但是我还是会感到寂寞，我觉得月英在家里一定也很寂寞。冬至过后，树叶全部落光，我回到了家里。月英脸上显得极为开心，但我不知该怎么说话。月英默默地做着事情。我对月英说，我希望自己早日建立功业，之后天下太平，我们有劲的时候就去游历四方，没有劲的时候就在树下乘凉。月英问，你在那边觉得冷吗？

我此时不知道该如何说话。诸葛果走后一年，两年，我们还谈论孩子。三年四年后我和她都自觉地避讳再谈论孩子。但是我们谁都知道，我们极为想要孩子。

我对她说，我现在已经不是我一个人，所以我不能一直陪你，我非常自责，也很难受。我不像别人一样，是个看重金钱的人。你看有个谋士叫许攸，以前在袁绍那里做官，十分贪财，袁绍满足不了他，所以他投靠了曹操。还有个谋士叫郭嘉，从前从袁绍那里过来投奔曹操，曹操那里的人都认为他生活作风不行，所以他旁边的人都去向曹操抱怨。还有个谋士叫贾诩，以前为了自己活命劝董卓的手下杀进长安，结果长安血流成河，不少无辜的人被董卓手下的暴徒残戮殆尽。我不知道他们为什么会这样，但至少我自己死了我都不会这样，因为我从不是这样的人。但我也不是完人，我只是认为那些对的好的让我没有愧疚，所以我选择了那样的做法。但是你跟着我，我不能让你到军中去 ，我不是那样的人。但我看见你一个人在家里，你晚上一定很想我罢，而且你会像我一样看天上的月亮，然后心里满是惆怅罢。其实你知道，像我这样对任何人都会不自觉怜悯的人，我心里怎么会不在意你呢。我没有一时不想起你。

月英说，你真的不用说这么多，就像我看见诸葛果离开的时候我心里痛得难受一样，我们都是那样的人，都有很多自己不能逾越的地方。我会很想你，就像你想我一样，而我知道你想我，我就会很高兴呀。我觉得我就像天上的月亮一样，我们彼此有一块最明净的地方是可以一起望见的罢。

月英是如此的好。我少年时读《汉书》，非常希望我能遇见一个像班婕妤一样的女子，为此我甚至非常羡慕昏庸的汉成帝。班婕妤有着世间最好的容貌，美而不艳，丽而不俗，也同样有着世间女子最出色的才华，诗章词赋万古流传。但更令我动心的是她还有着女子最难得的聪明和品德。而这样的女子去陪伴昏庸好色的汉成帝实在不知令多少像我这样极尽风雅的男子扼腕叹息。当我看到汉成帝不再宠幸班婕妤而宠幸赵飞燕的时候，我几乎气得非常想回到先汉，抓住汉成帝的脖子对他说，把你的后宫三千佳丽给我一个。而且我很轻蔑地告诉他，我只要一个，我要班婕妤，只要班婕妤，你可听得明白？你的赵飞燕我连看都不看一眼，看都不看一眼，你可听得明白?

那时虽然我年纪很小,但直到现在,班婕妤仍然是我心中最钦慕的一个女人。但我觉得月英其实和班婕妤一样,但因为我不是汉成帝,所以她也没有必要像班婕妤对汉成帝那样被迫表现出女子的贤德。就像我以前说的,因为光武帝比高祖聪明,所以光武帝的臣子也并没有那么累,导致很多不明就里的天下人认为光武帝的臣子不如高祖的臣子。班婕妤如果不是遇到失意的丈夫,恐怕后世也不会认识那样的班婕妤。我已确信如孟公威说的,我是一个活在梦中的人,为乱世中的天下而迷茫,以至于决定帮助势力不及曹操万分之一的刘备,且要从势不可当的曹操手中挤出一片江山。

但作为一个八尺男儿,当你骑马上路的那天,你可以有哀叹和犹豫,但只能前行。我是如此的人,而月英嫁我,她该是怎么样的人?而我知道,其实人生因为这些思虑而痛苦,但也正因为这些思虑人生才更加快乐。我只在心里坚定,无论如何,我和月英的未来会越来越好,而且那时好的不只有我们。

第二十九言　据其二

诸葛孔明

我到军中不久，已经崭露头角，一个才华无限的人不用多久就可以做出功绩。刘备得知我的媳妇是刘表的外甥女，加上我自己结识了大多真正有才华的中层士族。于是每次去襄阳，便带上我。刘备对我说，军中事务交与徐军师，孔明你现在主要为我估计天下大势。

不久之后，襄阳士族大多拜访刘备得知刘备底下有我这样一看就风度儒雅，万事俱通，而且办事条理清晰的人物，于是大多都向往明主。我也多加暗示，暗示他们刘备这人的确不错，我在刘备这里混得很好，你们其实也可以。于是人才纷纷向刘皇叔靠拢。

而襄阳一些上层人物大多并无才学，除了吃的饭都是下人上的以外，脑子大多都是下流的。

一个人知道我万事俱通，让我看看和这个四奶有没有命缘。另一个上层人物让我看看明天天象是否适合约会。上层人物虽然无用，但做大事还需要依靠他们。荆州公子刘琦每日拜访刘备，不久便与我混熟。此人毫无主见，得知刘表手下蔡瑁等人要废长立幼，自己性命堪忧，便向我求救。我认为自己的主公不过是寄借刘表之下，将来还要瞒着刘表图谋大事，所以应给人家一种忠心耿耿的样子，起码不能让人抓住什么把柄。而这种废立的大事，实在不是我好参与的。

不久之后，刘琦约我吃饭。大家在花园阁楼上边吃边赏花。谁知刘琦突然把阁楼云梯撤走，对我说，您看现在也没有其他人，先生您说出来就只能听进我耳朵。现在您应该可以说了吧？

我不耐烦说，公子真不知春秋时申生在内而危，重耳在外而生？

公子高兴道，好，我知道了，先生果然是足智多谋。

建安十二年冬，荆州传来消息，曹操准备南征乌桓，因为乌桓收留了袁绍的儿子袁尚等人。刘备对刘表说，现在可趁曹操征讨乌桓，举兵袭击许都，可以一举将曹贼攻破。刘表说，曹操奸诈，故意搞出个北征乌桓的样子诱我们出兵，我们不要上他的当，贤弟我听说你最近招募了勇士，不知粮草可够，不够的话尽管向为兄索要。

刘备拣起一块肉说，多谢兄长挂念，贤弟最近粮草充足。

不久之后，乌桓居然也被曹操攻破，大家都以为正是顺天应人，因为乌桓并非汉地，而汉人面对汉人向来觉得个顶个地勇敢，但是一看汉人以外的人，便觉得人家才是勇敢。我在军中得知消息，对全军分析说，狄人虽然善于骑射，骁勇善战，但是一盘散沙，又不懂用计，所以尽管人数众多，马匹精良，兵众勇猛，但终究抵不过曹操，因为汉人一旦团结，加上擅用计谋胜敌，四海之内其实无汉人之敌。

众人还不服气，我便拿起先汉抵抗匈奴的战例给大家分析，众人这才放下心来。而刘表因为没听刘备建议，后悔不迭，刘备只好安慰他以后还有机会。但稍微精明些的士人都知道，曹操已彻底肃清大河南北，天下已占据其二，刘景升也再无机会。

次年，荆州牧刘景升卧床不起，身边的人加紧篡位。蔡夫人每日喂完药之后就告诉刘表刘琦如何如何不好，刘琮如何如何好。刘表十分宠幸蔡夫人，而蔡夫人说得久了，刘表终于气得一拍大腿说，好，刘琦如此不争气，改立刘琮。拍完之后，刘表连连吐血。

我想蔡夫人是月英的亲姨，眉目之中也有几分相似，但两人差别如此之大，令我唏嘘不已。

刘琦自从听了我的建议之后每日倚重刘备，以找寻机会从襄阳脱身。不久之后，黄祖在江夏被孙权军斩杀。刘琦便依我之计趁机出任江夏太守。荆州九郡北面倚重襄阳城，中间倚重江陵城，东面倚重江夏郡。而江陵城原本是荆州治所，我分析上策将来要在樊城襄阳抵御曹军，最下策也要在江陵抵御曹军。本希望刘琦可到江陵去，那里大船精兵辎重无数，是一州的重要之地。

而自建安十三年春暖开始，荆州终于迎来最危机的一年。因为各种传言纷纷在荆州上下流传，荆州有关战略方面的专家分析说，曹操到底会不会来荆州呢，有两种可能，一种是会来，一种是不会来。单据我们权威分析，会来的可能性占六成，不来的可能性仅占四成。所以从现在分析来看，很明显曹操还是很想，也很可能南下的。

不久之后，荆州得到消息曹操在邺城开凿大河，开始操练水师战船。此时荆州有关专家依旧分析说，从目前曹操的军备来看，开凿大河，训练战船只有一种可能。大家以为专家这次可算显灵了，谁知专家说，从现在有关确切消息分析，很明显我们可以看出曹操是想有一支水军，而且是作战强悍的水军。

此年六月，惊天消息传来，曹操已在北方被皇上封为丞相。“丞相”一词迅速成为全荆州最火爆的词。大家纷纷翻《说文解字》《左传》《汉书》《大学》《史记》《论语》《中庸》《短歌行》了解“丞相”这个词的前后始末，因为“丞相”一词实在令人吃惊。自从先汉以来二百年间，丞相由于由位高权重的开国功臣担任，直接能够顶撞皇权，因此皇帝便要逐渐分散丞相权力才可保住帝位，到后汉不再设丞相，而改为只设三公，丞相因此只活在书上和传说里。多少年没有一人能够再担任丞相，人们唯一记得的丞相是秦朝李斯和先汉萧何。曹操本人已经是大将军和司空，这次加封为丞相，表示曹操已经实在想不出自己的功劳还有多大。荆州纷纷传言汉朝将改姓曹。

自曹操破天荒将自己加封为丞相之后，荆州人很是恐慌，很明显曹操已经彻底统一北方，大军南下只在旦夕间。而曹操成为汉朝第一位让人闻风色寒的丞相。我也对“丞相”一词极感兴趣，因为这也是首次让天下人知道丞相大过了皇上。我对众人说，曹操不断加封自己，现在封自己为丞相，其意已经非常明显，这步棋至少有两种好处，第一以丞相名号彻底动摇其他未降诸侯，第二以丞相名号暗示天下人才可来投奔，而且投的不是衰微的汉室，是他曹操，但无论他封不封丞相，他始终只是曹操。

自此之后，我更加坚定了我的军令，并将其视之为兵法，写在我的兵法著作里。我在军令上昭示，即时有极小的功劳也要给士兵记上，赏罚严明，而将领必须以身作则，打仗奋勇上前，学会从各个方面体恤士兵，以让军队凝聚成齐心的整师，所谓整者。是临危不乱，临赏有序，前后左右上中下危险时抱成一团，分工有序有则，而平时气氛清肃。

于是，尽管曹丞相身率百万众，谋士成百，良将上千，而我军中将卒从容，因为大家认为在这样的军队中无论如何至少是一个集体，将领是一个好将领，而自己只要做出成绩便可得到功赏，这些都是我在军中的领悟。我知道如果我不战死，这些感悟在将来都会成为《诸葛亮兵法》，也或许能成为比《孙子兵法》更好的兵法，但至少我知道它一定要比曹操的孟德兵法强出很多倍。

第三十言 相别离

诸葛孔明

八月初，曹军先锋部队突现南阳宛城，叶县。荆州军慌忙抵抗。战事愈来愈紧张，而与此同时，我的老师司马徽等先后去世。不久后荆州一片沮丧，大名鼎鼎的荆州牧刘表因病而亡。刘表作为传奇的荆州牧，其一生因经营荆州而名扬四海，但也因无法守住荆州而遭世人嘲讽。尽管这位荆州牧死在曹操南下之前，瞬间已成为历史。尽管并没有与曹操开战，但大家都知道，有的人尽管你死了，你没有做过该做的事，但大家可以从你平时的表现中判断出你行是不行。有的人尽管你死了，你没有做完该做的事，但大家也可以从你一贯的作为中知道你其实是个英雄。如果你活着，你一定可以担当。

八月末，樊城战势紧张。天下传来另一片沮丧。大名鼎鼎的孔北海被曹操所杀，且是全家尽数被诛。孔融作为孔圣人的嫡系世孙，从小就知道鸭梨很大，因而长大后并没有辜负天下人的期望，成为名满天下的孔北海。但我实在想不到，这样的人也被曹操所杀。天下士人在哀悼之余，纷纷爆料孔融的传奇故事以作为沉痛追思。众人并没有惧怕在北方握有百万雄兵的曹丞相，这个始终正直的人必将被人们永远记住。而作为我的对手，曹操也更将失去人心。

刘备在营中得到消息流泪说，昔年我在公孙瓒手下，孔融有一次遇到危难来找我。我那时就跟做梦一样，孔北海竟然也知道这世上有我刘备，我那时不知道有多受宠若惊。后来我与孔融相处，深深为其品德所折服。但我因军乱不得已与他分别，现在我想起他，我还是分外亲切。只是没想到，他竟然被曹贼杀害。

我知道刘备情真意切，起码我知道如果孔融在刘备手下，无论如何不会被杀死。

刘表临死前将荆州牧及爵位传于次子刘琮，而刘备军撤退于樊城。一众准备在樊城守住荆襄。我家中还有月英和弟弟，为避战乱，我让人将月英和诸葛均送入襄阳。我家和蒯家、庞家都有联姻，蒯越等荆州权贵都是我所认识的人，而月英的黄家以及姻家蔡家都是荆州有权有势的官宦。无论如何，希望她会无事。每天都有军士和百姓在战乱中死亡，但战争没有怜悯。我对本部众人说，我们身后有荆州十万大军。

主公刘备仍积极抗曹，一直持续到九月。众军正在前线抗曹，突然听闻曹操本人率大军到了宛城，而荆州新主刘琮等人在新野秘密降曹。

得到消息之后，刘关张又气又急，得知是蒯越、蔡瑁等人降曹。我和徐庶都不知该怎么说。这两位荆州智士帮助刘表守了这么多年荆州，但人各有志，各为其主谋前程，作为刘备军师，我们立刻想出了退守或者说攻取南郡的建议，并命关羽去找江夏刘琦，以便率军支援。

刘备本部五千人准备从樊城撤出，百姓们大都不了解曹操，而士人们大都不想离开这样的明主，因为这样的主公实在少见。即便是主公没有什么才能，但士人们知道这年头还有上头不摆上头架子的人实在太少了。于是士人纷纷同情刘备军，百姓虽然种地给士人吃，但显然在分析大事面前不如士人。于是百姓得到消息认为即将攻占樊城的曹操是个杀人魔王。我们撤军时，已有五万百姓拿着锄头和榔头，纷纷加入刘备的抗曹队伍，誓死效忠刘豫州。其他百姓见状，众人都抗曹，自己如不抗曹实在是说不过去。于是大军准备撤出时，樊城百姓几乎倾巢而出。我实在可怜这

些百姓，我对他们说，没什么事，曹操不会杀你们，因为荆州牧已经投降了。

但百姓说，你看你自己骑上马了，不想让我们逃？最后众人一致坚定认为必须跟着刘备。而百姓几乎没有战斗力，到时候我们几个当官的骑上马逃窜，百姓只能流落。于是我一再劝百姓，刘备和军队也纷纷劝百姓。但无论如何劝不住这么多百姓，有的百姓劝回去了，但一看更多百姓还在前面排队，于是又排在了后面，此时还很后悔自己为何从前面来到了后面。

最后刘备道，让这些百姓跟着吧，百姓不抛弃我，我也不能抛弃百姓。

于是刘备亲自断后，前后拥着樊城数万百姓，浩浩荡荡拥入襄阳。

途经襄阳，我本来非常担心刘琮会令军士于城中伏杀。但有百姓作为屏障，反倒安全了许多。此时景象十分离乱，大队就要离开襄阳，而前面实在遥遥无望。我于是对刘备说，此时可令军队攻击刘琮，占领襄阳。刘备说，景升兄收留我，我反要夺他的荆州，我实在不忍心。

于是没有办法，大队军士和百姓从襄阳缓缓撤出。走到后来，一天只能行十里。而刘备无论如何不抛弃百姓，亲自在断后，我作为幕僚实为忧心，这简直是在等着曹军到来。

曹操在宛城距此三百里，虽然行军需十多天，十天后我们也能走到江陵。但如果曹军轻骑南下，一日百里，只需三日。

而不久后，大队行到当阳，一路中还不断有百姓闻风加入，有的百姓加入后才知道是抗曹避祸，避祸显然是大事，加入的人一听是抗曹而不是打酱油，于是不忘赶紧跑回家去，把妻儿老小都找来，一众一起避祸。于是百姓越来越多。

行至当阳长坂坡，断后的军队忽然看见后方尘土飞扬，一队彪悍的铁骑突至。众人看见骑上写着曹字立刻明白是曹操大军杀来了，曹操大军如此之快实在是迅雷不及掩耳之势，而当阳到江陵还不足一半的路程。张飞赵云刘备立即带队上前。军士在撤退路上已没有迎战之心，且敌方铁骑勇猛凌厉，而且有人还认出曹军骑兵正是曹操骁勇天下的虎豹骑。军士百姓四散溃败，而甘夫人及刘禅等已被敌军擒获。我正在犹豫。此时刘备对我喊道，孔明，快逃。我喊道，主公，夫人公子都被曹军擒获。刘备流着汗对我说，顾不得了，赶紧逃。于是我和刘备徐庶赵云张飞以及两三个护军骑马逃窜。我自打加入刘备军中，就知道有一天也许很危险，但从没想过像今天这样危险。

刘备军只剩数十骑。敌军仍在后面追赶，此时过了一座桥。

敌军马上就要追来。赵子龙突然返马回去，手提长枪与敌军迎战，并直接朝敌军大队中奔去。张飞见势也迎上了另一股曹军。

我正欲返马，刘备说，孔明元直，不要回头，你们二位赶紧先走。说着刘备单马返回。我和元直看见主公亲自杀敌，都没有心思再回去。此时元直提剑上前，准备与敌军厮杀，前方一路曹军人马中突然喊道，你们谁是军师徐庶？你是否有个老娘，你是否有个老娘？你娘两天前已被丞相俘虏，已被丞相俘虏，这是你娘托人给你的信，给你的信。

徐庶脸绷得仿若撕开，泪水从脸上淌下来，他大骂道，我娘连字都不会写，怎会有信。但他还是疯一般接过敌军掷来的信，看后，元直拍着胸膛说，老娘被曹贼俘虏，我如不回去，恐有危险。但我这颗心一直忠于你刘备，但今日老娘被俘，我的方寸已经乱了。只可恨天不待我。主公，孔明，我今日一别，不会忘记你们。

我在马上看见徐元直实在凄惨，不禁落下泪来。我们从前希望在一起做官，而且都看中了无立锥之地的刘备。但今天也才知道，当初的多好的愿望也冲不破现实。刘备杀退敌人，看见元直，垂泪说，元直，你赶紧走吧，不用说这么多，我刘备承蒙你看得起，已然知足。

元直立即上马，将要向曹营走去。我实在不忍分别，于是对他说，曹操最喜欢你们颍川人，你这次离开，多保重。

第三十一言 逢吴人

诸葛孔明

徐元直走后，刘备和我立即骑马逃窜。行了一段，还未见赵云与张飞回来，于是决定坐在河边休息。

我们正在等待，前方一队人马从西侧赶来，个个头上戴着白布。刘备手下的护军将军立即问道，前方的来者是何人。

来众停下说，我们是来吊孝的，尔等是何人?

护军向我和刘备征求意见，我向前喊道，你们是给谁吊孝的?

来众喊说，我们是吴侯孙将军的人，我们是来给刘景升吊孝的。

不一会儿，吊孝的人已经走近。领头的人是一个魁梧大汉，但斯文中透出雄才。刘备道，在下是刘玄德，足下是……

领头的人赶紧致礼说，原来阁下就是刘豫州，失敬失敬，我们就是来找你们的，鄙人是鲁肃，表字子敬，是吴侯孙将军的人。吴侯听说刘景升归西，马上让我们来吊孝的。但我们听说刘琮已经举城投降，只有刘豫州您还在抗曹。我们就是计划来找您一起准备抗曹的。

我一听自然高兴，鲁肃说吴侯孙权已经屯兵柴桑。最后众人一起商量，最终我劝刘备放弃江陵，因为江陵孤城，势必难以抗曹。不如直接到距离柴桑较近的江夏，和吴侯一起抗曹。

不久之后，刘备喜出望外，赵云竟从乱军中救出幼主刘禅和甘夫人。糜夫人则在军中死亡，刘备不禁泪流满面。张飞不久后也骑马返回。

众人转为东行坐船到江夏，此时行至途中，恰好碰到从江夏赶来的关羽。关羽是在十几天前到江夏搬救兵，但在途中遇到了曹操另一路大军，因而现在才行至半途。于是众人返回江夏。关羽率领刘琦的水军一万驻军江夏，刘备刘琦率领一万军驻军夏口。

但不久之后，曹操急行军顺水到了江陵，招降了这座重镇。得到了精锐水军，战船、辎重无数。到了江夏之后，大家说起一路惊险。我于是得知赵云在长阪坡单骑救出刘禅，而张飞在长阪断桥一人吓退敌军，我们是在穷途中绝地而生。曹操为防江陵落入刘备之手，抢先占领了这座重镇。已对江夏形成合围之势。情势十分危急，眼下就只剩下半个江夏郡。我于是对刘备说，现在情势危急，请主公让我去柴桑联合孙将军一起抗曹。

刘备急忙许诺。

我于是坐船和鲁肃一起前往柴桑，一路上大江浪阔。我在急行的船中，觉得自己身负重任，而且主公所有的希望肩负在我一人身上，不禁焦虑万分。鲁肃是个才略不容小觑的人，仅仅一日，大家英雄惜英雄，都各自为自己的主公在这存亡危机之秋奔波。

鲁肃在船中对我说，诸葛先生，我看你还年轻，你怎么这么为刘豫州拼命?

我推搪道，彼此彼此。

鲁肃说，我不如你，我主公起码有吴越之地，这要搁在春秋也算两个列国，还有精锐水军将士十万。你看你的刘豫州，我在当阳看见就只剩下几十个人。就是江夏，那也是公子刘琦的一万人马。我看你不如来我们吴侯这里。

我笑说，不瞒子敬，我其实只想做个大官。人越少我才越突出，如果我到了你们

吴侯那里，我听闻那里只用你们都督周瑜，恐不合我意。

鲁肃笑说，先生年纪轻轻，和我们幼主年纪相仿，但却甚有大略，见先生之前我鲁肃未曾钦佩过谁。

我道，没有没有。其实不瞒子敬，我从来没有想这么多。刘豫州找到了我，真心待我，我本当尽心尽力为他做事。而且刘豫州素来重仁义，我想他得了天下一定是民心所向。

鲁肃笑而不言。不久之后，船到了柴桑，我披星戴月去见到了与我年纪相仿的东吴少主吴侯。

我一见孙权马上道，现今局势大乱，小人不才愿为孙将军您做一番斟酌。曹操占据荆州，但立足未稳，民心未附。您有吴越之众和刘皇叔在汉水以南拥军自立，与曹操形成南北对峙之势。将军您东吴水军远非曹操荆州水军相比。依在下之见曹操可在大河所向披靡，却未必能在大江与您一决雌雄。现今将军只有两条路，您若觉得吴越之众可与曹操对抗，不妨尽早与他决裂。您若自视比不过他，必须赶紧投降。但您若现在举棋不定，恕在下直言，您的祸乱马上就要来了。

孙权说，且说要我投降，真如先生所说，你们刘豫州为何不降?

我说，将军和在下可都曾听闻齐国有个壮士叫田横，连田横这样的人都知坚守气节，况且是刘豫州这般汉室后裔。您可能不知，在当阳刘豫州有数十万百姓跟随。百姓对他的仰慕，就如这大江水东流入海一般。如果他不能成功抗曹，那便是天命所归，无甚遗憾。但是皇叔和在下都以为决无法反过头来去投降曹操，自取其辱，便是懦夫也会耻笑。

孙权变脸说，你说得对，我东吴土地非常宝贵，那也不是我一个人的，我怎么能随便给曹操呢? 我并不是说刘豫州不能抵抗曹操，但是他现在新败，他现在怎么解决自己的问题，这好像还是问题。

我向来觉得自己能言善道，所谓能言的人就是可以把本来敌人的强势都说成是敌人的弱势，更别说去寻找本来就属于敌人的弱势。我对孙权说，您可能不知，刘豫州虽在长阪大败，曹军从北方远道而来本就疲惫不堪，但为了追上皇叔居然要日行三百里，实在是强弩之末，兵法上也最忌讳如此。曹操把自己最强的军马用上，仍然未能把皇叔怎么样。现在刘豫州生还之兵和关羽统领的精锐水军，外加刘表长公子刘琦一万军士，加起来还有两万精锐之师。在下可为您分析四处，相信依将军才智必能看出其中端倪。其一曹军大部分是北方人，此为疲师。曹军开始十分凌厉，但大军行到荆州，已经是强弩之末。其二曹军新到，人心不稳。荆州多是迫于他的威力。在襄阳时，刘琮手下大多归刘豫州。其三，现在正是秋夏之际，正是爆发疫疾的时刻。您如果与刘豫州联合，您只派两万水军，再与刘豫州两万人马联合。即使只有数万精甲，与曹操对抗，曹操也必败无疑。其四曹操如果兵败，必定北归。到时荆州为刘豫州所有，您吴越之众也可保安全，届时荆州和吴越都强大起来，如果曹操再来，两家再联手，如此势必鼎足而三。所以大事之关键，今天就要全看孙将军您的决定了。

孙权非常高兴，当天连夜款待。第二日，东吴的群臣都赶来商讨计策。但群臣分歧较大，孙权让我把昨夜说的重复了一遍。孙权的手下张昭等人说，曹操有八十万大军，他现在用丞相的名义号召天下，谁能不服从？况且曹军水陆并进，东吴也就没有了天险，因此并不好惹。此时如果不投降，更待何时？这位诸葛先生的刘豫州，是曹操的宿敌，刘豫州投降也是死，不投降也是死，自然要与他死战拼命。他这次来拉拢主公，就是想拉您一起下水，您现在不如举兵杀了刘备，献给曹操，曹操素来恩贤礼士。

我说，您作为孙将军的臣子自然要替孙将军考虑。刘豫州如何如何，且先不论。况且曹操来势汹汹，但在撤退到当阳时，仍有百姓和士人跟随，不忍舍弃，曹操即使如此厉害，刘豫州仍旧有百姓的厚望。况且百姓尚能如此，知道礼仪，您现在劝您的吴侯除掉刘豫州，这不仁不义之事您怂恿孙将军来做，不知有何居心。这暂且不论。孙将军带领的吴越水军比起荆州水军强不止百倍，刘豫州得了民心，手下又有关羽、张飞、赵云等虎将，个个以一当百。关将军您可听说？昔年官渡之战单骑入万军诛那袁绍上将，您认为刘豫州便可轻易击败？我这次来，正是经过深思熟虑。我昔年在襄阳，刘豫州请了我三次，我方才出山，我那时便告诉他如果想击败曹操，则必须联合孙将军，正是知道了孙将军的名声，看到了您吴越之地已历三世的险要。两家联合如果曹军不败，我愿奉上自己的人头。请孙将军第一个杀我。

我说到这里，已经满腔激情。

群臣讨论了一阵。最后鲁肃将吴侯拉进内室，不一会儿，两人出来。孙权随即大骂张昭，表示坚决抗曹。

用餐时，我问鲁肃在后说了什么，鲁肃笑说，我告诉主公如果我投降曹操，最起码还可以做一个小官，但是他如果投降，正所谓一山不容二虎，恐怕只有杀身之祸。

我说，子敬，你实是高明。你这么为你主公拼命，到底是为何?

鲁肃笑说，和你一样，我其实也想做个大官。

我笑说，你恐怕不只想做个大官吧。像你如此之人，心中想着忠直，并不只为自己考虑。

第三十二言　决赤壁

诸葛孔明

鲁肃说，刘豫州有你这样的人，何愁大事不成。正像你说的，我赞成三家鼎立。曹操现在占有大半个天下，仅凭江东不足以与之抗衡。我看你们刘豫州在江夏颇得人心。两家如果能长期联合，曹操势必不足以畏惧。

我说，子敬你所言极是，将来曹操北边乱时，两路大军齐上，定能把曹操消灭。

数日后，吴国大都督周瑜率领精兵从江东赶来。周瑜与我分析大致相同，我们相见又做了一番商讨，周瑜此人抗曹决心如此凌厉，而他手中又握有刀剑，足以震慑张昭等东吴权臣，周瑜分析出曹操虽然号称八十万，但不过二十多万。

周瑜说完，孙权把桌子一砍，说道，以后诸位将领再提降曹的，就跟这桌案一般结果。

孙权和周瑜都对我十分欣赏。周瑜宽直忠厚，不仅要抗曹，更有彻底把曹操打败的雄心，但鲁肃显然更为实际，认为曹操短时间内无法取胜，必须两家联合。

其后，我怕刘备怀疑我一去不回。我来时刘备便有些疑虑，毕竟江夏远不如江东。我对孙权说，我前去刘豫州那里准备。

孙权握着我的手说，先生可否留我这里，另外你大哥也在我这里做官，不久将到。我道，现在大难当头，不瞒您说，刘豫州那里主要依靠我排兵布阵，如果小人现在不去，怕是刘豫州有所拖懈。

孙权拉着我神秘道：实话对先生说，你们刘豫州那点实力我也明了，我主要是看先生这般雄才，将来必定成事。这次先生回去，便与我转告皇叔，且让他无所疑虑，我东吴必全力抗曹。

我哈哈大笑，心有所悟。

我回到夏口后，刘备握着我的手说，孔明你总算来了，你看你去的时候也只有一个人，没给你派个一兵二卒。

我急忙说，主公，已和孙权将军谈妥。现孙将军准备大军三万与我军联合，大事可成矣。主公当前作战适宜速战。我军兵少，现应立即抽调精兵，与孙将军会合。

随即，连夜在江夏抽选精兵，让士兵穿上江夏最好的军装，挑选一些雄壮的人排在前面，一些残兵留守江夏。我对刘备道，现在我们要依靠孙将军，必须给人家留下好印象。

于是我们挑选一万余众，号称两万，与周瑜三万军士会师樊口。大军都交于周瑜指挥。因为刘军无论怎么样夸大自己，但显然不如江东。

十一月，曹操登江观望，赋诗一首《观沧海》。但没过多久，正如我预料的那样，曹军中的北方人已开始大乱。一些士兵很久没有吃到面条，便问管粮的，怎么最近不吃面条了。管粮的说，麦子都吃完了，现在只有来自荆州的大米饭。士兵们吃不上面条，大都水土不服，恶心呕吐，病倒一路。

十一月底，曹操说咱们战船人马太多了，为了好打仗好指挥，咱们必须搞上连锁。于是曹操命战船连锁，他的谋士劝曹操，把战船连锁敌方火攻怎么办。曹操说我们在上游，不怕不怕，要刮风也是烧他们。

曹操骄傲自满，对军士宣布说，打完这场仗回家过好年。曹操本人也考虑十分周全，不仅替军士考虑，更为自己考虑。曹操估计自己的铜雀台过完年就能建好，到时把大乔小乔等江南美女一并收罗其中。

十二月，江水冷冽，两军军营在乌林和赤壁林立，战船在大江中旗幡飘扬。我每日望着江水，心中气魄雄浑。我有时问自己，我如果在南阳种地，一定看不到这番景象。

十二月中，曹军二十万大军屯于乌林，赤壁北岸，孙刘联军五万在赤壁南岸。对峙了不久，周瑜率军小胜。但不久，东吴先锋黄盖率本部来投降曹操。曹操同样十分高兴，于是和当年袁绍手下的许攸来降一样，顾不得穿鞋前去迎接。黄盖带人一路喊着，降了降了，我们来降了。虽然此时东风大作，但曹操和兵将却极为高兴。

但黄盖行到离军营较近的地方时，立即点燃火船，此时东风大作，火船顺势冲进曹操的船队。曹操的战船由于已是连锁的船，无法逃窜。且他的战船巨大，火势迅猛，立即烧到曹操的大本营乌林。一些士兵被火烧死，火光冲天，哭喊震天，此时周瑜率领孙刘联军五万精兵从后杀来，一路杀到乌林。一些士兵还在梦中，就被联军杀死烧死。曹操的败局在瞬间形成，二十万人全军覆没。不久之后，曹操烧毁大船，从华容道逃走。而后，如我所料，曹操看到兵败，怕北方局势生变，于是留下曹仁等大将留守南郡，自己火速返回北方了。

赤壁之战后，白骨累累，血染赤壁，烧毁的战船旗幡不计其数。曹操在江南观了一下沧海，吟唱了一首乐府诗，葬送了二十万大军。据闻，曹操刚返回邺城，他的手下告诉他，盛放美女的铜雀台可还修建?

曹操回至邺城后，给周瑜写了一封信，说这次因为他的士兵染上了瘟疫，而且传染得太多，他自己一看阵势，怕这传染病祸害无穷于是狠心烧毁了战船，却没想到成全了周瑜，让现在外面传着他周郎火烧赤壁的大功。

而周瑜统领孙刘联军一战成名。赤壁之战后，我对刘备说，当前必须扩大地盘，必须找薄弱处攻击。不久之后，零陵等三郡被攻取和招降。不断有人率领军队投降刘备。刘备军渐渐壮大起来。而人数越多，便要吃越多的饭。显然刘备军中没有人能干此事，于是我每日不但管理军队，处理军务，谋定大计，更要收取新地的赋税，以充备军需。

刘备对我说，孔明，你看你作为军师，却一直没有印绶，将来遇到大事，恐不能随机应变。而你一个人常常干的都是百人干的活，实是辛苦，所以这次我决定拜你为军师中郎将。

第三十三言 西蜀计

诸葛孔明

我说，主公没有没有，在下并不在乎做多大的官。军师本来已经非常重要，不用再加封赏。

但刘备仍然封我为军师中郎将，而我也成为第一个被封为军师中郎将的人。

刘备说，出谋划策和带兵都离不开你，但我又不想让你做将军，将军太过危险。你看做军师中郎将，你还满意?

军师中郎将已经是文职第一、武职第二的官职，军中已无人能比，我自然并无话说。

之后，两军在南郡合围曹仁。刘备军切断了南郡与襄阳的通道，并将张飞交给周瑜指挥，从江陵撤出。

此时，刘军已夺得荆南四郡，周瑜军得三郡，曹操军只剩下樊城、襄阳和南阳郡。我们在荆州日益壮大，连孙权也变得十分畏惧。此时孙权派人与刘备接洽，决定要和刘备联姻。我极力劝阻刘备前往江东，我曾与周瑜相处，自然知道周瑜容不得三家并存，必定对刘备下手。但刘备为了借得南郡用于抗曹，还是决定前往。

不久后，刘备娶了孙权的妹妹孙夫人归来。与孙夫人一起来的，还有一百个侍妾，这些侍妾个个佩带刀剑，侍立于两旁。众人看到刘备进入新房在一百个吴国全副武装的侍妾中战战兢兢地前往，很是唏嘘。

我们在江陵日渐稳固，刘备问我，现在荆州还有什么人才？

我道，别的且是不谈，便只得到庞统和廖立两个人即可。

而自得到荆州后，刘备军的人才已愈来愈多，武将如上将黄忠、魏延等人，文谋如廖立、马良、马谡等人，不下数百。而这时被刘备上表的新任荆州牧刘表长公子刘琦恰逢病逝，众人认为是天意，于是刘备名正言顺地被推举为新的荆州牧。

刘备对我说，孔明，现在形势利于我军，先生可有下一步谋划？

我道，主公，我听说周瑜意气风发，准备攻打西蜀，我们应该早做准备。荆州毕竟三面受敌，我们如果夺了蜀地，那方才是有了基业。

刘备说，你说的是。你有什么计策？

我说，孙权手下的周瑜和鲁肃对待我们荆州态度不同，我认为鲁肃想得周到，眼下抵抗曹操，必须两家联合，但周瑜一心想促成东吴之帝业，他的志向不小。但他如果想取西蜀，必须从我们荆州路过。我们不让他过也不是，让他过也不是。我建议我们应把鲁肃找来，给他晓以利害。如果他确实想带兵攻取西蜀，我们也便要让他不敢带多少军马。

刘备说，你的计策甚好。

我对诸将道，你们无论身在何地，定要估计形势。我们身处荆州，虽然最危险，但只要我们守好荆州，联合好东吴，取西蜀反而我们最有利。

但无论孙权和鲁肃怎么样劝阻，周瑜硬是要带兵冒险从荆州去夺取西蜀。此时刘备军虽弱，但众人已经做好看周瑜如何失败的打算。诸将纷纷献策认为可以在周瑜带兵进入西蜀，需要补充军备时给周瑜多家阻拦。

但不久后，周瑜竟在行军途中病死，于是郡里派人把周瑜的遗体送回东吴。说也未曾想到因为赤壁之战而一举闻名的周瑜便就此终结一生。我望着大江，非常惜念这位英雄。然而从大江归来，显然周瑜又是敌人。周瑜死后，刘备军里的人个个内心喜悦，外表忧愁，于是都坐在椅子上不说话。停了一会儿，我一看这样有些不雅，于是带头说，唉，周郎去矣，甚是哀哉。于是众人一起说，唉，甚是哀哉。

周瑜死后，孙权更为忌惮刘备，于是把荆州借给刘备，南郡于是都归刘备军。我们得到了大半个荆州，刘备将荆州治所从江陵迁到已经改名为公安的潺陵。

不久之后，凤雏庞统带着鲁肃的举荐信从东吴赶来。

刘备问他，我听说你是襄阳人，你为什么去投奔孙权?

庞统直说，不瞒明公，当时在下觉得投奔明公没有好前景。

刘备说，孙权为何不用你?

庞统说，孙权只用周瑜做大事，在下觉得自己也是干大事的人，比周瑜不知强了多少，惹怒了吴侯。

刘备说，你现在为什么又来投我?

庞统说，在下看明公已经得到了荆南四郡，如果明公不失策，将来也许会有大发展。

刘备哼哼一笑。第二日庞统被安排到了小县当县令。庞统到县衙之后，在县不治。于是有人将他的事分别告诉了我和刘备。我此时正在长沙收赋税，干着油水最大的活。一个手下暗示我可以发财。一天后此人被查出贪赃舞弊，随即被革职。此人被革职最后醒悟说，老子对你是好心啊，你知不知道啊，你会不会当官啊，哪有当官不发财的? 老子祖上十八代好不容易出了老子这样的官，却遇到你这样的官，老子倒霉啊。

我已经听说了庞统的事情。于是给刘备写信告诉他庞统并不止是可做一百里地的官。刘备不久后回信，其大致意思说，先生你看我见过的最有才的莫过于你了，你并不狂傲，但这庞统，这人有点……

我随后回信说，主公，并不是所有的人都和我一样。而且庞统德才兼备，当今正是用人之际，还是仔细斟酌较好。至于有才的人恃才傲物这些都只是小毛病。

刘备随即把庞统找来。

刘备问他天下大势，庞统回答得头头是道。刘备问他下一步该怎么办，庞统说当今之计如想夺取天下必先夺取西蜀，现在荆州和孙权貌似十分和睦，其实谁也不怕谁，谁也不服谁。

刘备说，好，你和孔明果然都是英雄所见略同。

刘备此时想起一件事情，便问庞统，我昔日去江东找孙权借荆州，孔明硬是不让我去，孔明他从未失过策，但我还是安全回来了，我想问公一问，公在江东，可听说过周瑜要使孙权害我？

庞统将在东吴听到的周瑜对孙权说的计策告诉刘备。

刘备吸了一口气说，还是孔明考虑周全，我一直认为孙权要和我联合抗曹，没想到那次去还是危险重重，可见你们智者都是所见略同。

于是刘备任命庞统为治中从事，没过多久，庞统已经展露出才能，于是刘备极为高兴，同样任命他为军师。

我非常高兴，自从徐庶离开了军营。我一直非常想念，每逢让人打听，都没有他的消息。我想襄阳的凤雏也到了刘备军中，多了一个军师，自然多了更多的力量。而且我觉得自己在战乱中奔波这几年，虽然极其忙碌，但内心缺少了很多东西，而那也许就是在襄阳和南阳的记忆罢。

自从得到荆襄五郡，我便越发想念月英。庞统到来之后，我便更加想念。

而我做的事情也最多，此时刘备军已在荆州最为强大，我认为自己已经不会让荆州再失守，于是我决意从襄阳接回月英。

月黑风高，听见护城河的水流潺潺，大营里旗幡飘扬。我突然一下从床中起身，此时有人在敲房门，我开了房门，便顿时呆住。有军士点着火把，火把前面显着七八个人的脸孔。我在第一时间看见了那双眼，就像我第一次在襄阳遇到的那样。

月英，岳父黄承彦，弟弟诸葛均等一行人都从襄阳接来。

接的人说一路平安，找的都是襄阳自己人，所以通关路上没有遇到什么危险。黄承彦夸了我一阵说道我果有出息。我对弟弟嘱咐了几句，于是他们都被安排去休息。

月英到了房中，我们互相问候了几下，我们彼此反倒不知说什么好，不知两个人怎如此默契，我便像知道她心里在想什么，而我想什么她也知道。我知道自己有一肚子话说，她也有，但却不知道从何处开头。

两个人一起躺在床上，听着远处旗幡飘扬和岗哨军士站岗传令的声音。月英看

看我道，你怎还不睡?

我道，你走了这么远的路，你可先睡。

月英道，我便是睡不着，想起以前那些事情，和现在恍若隔世。你这些年怎么样?

我把单马逃窜的事和数次惊心的危险都掩饰住，对她说，我做了大官，现在这里除了刘皇叔，数你的夫君官最大。刘皇叔待我很好，从未让我上过前线。所以我便一直安好。我便还有你，怎会有事? 倒是你，我不在时，你定是难受。我便觉得自己对你不住。

第三十四言　班婕妤

诸葛孔明

月英道，你不用如此言道，我虽然还想以前的日子，但是谁让我选了你呢。我便觉得没什么，我一个在时是有些寂寞，便是会思你想你，但总觉得会再见到你的，那日子也会很快。所以现在就这样便很快见到了。

我说，你真是世上最好的女子，我小时极向往班婕妤那样的女子，我现在觉得，你便如她。

月英道，你在这里做着什么？

我道，我在这里管很多事情，你不知道，那时自比管仲乐毅，还不太敢觉得这世间就我一个管仲，现在看来，这里无人比得过我。我在这里做着军师，所以算是很大的官了。我便也有很多发财的机会，许多不如我职位大的官都有很多钱。但我认为，不是为了做官才来做官的，也不是为了发财才来做官的，更不是为了权势。我不知道自己为了什么。

月英道，你从小时候起就想做大事，做大事能改变天下人那就是你的希望，你也会因此而快乐。所以你学了很多治国方略。但是像发财权势什么的，你觉得那些适可就好，所以你不会希望太多。

我道，还是你知我意。你跟我说说你在襄阳这几年吧。

月英道，那日看见你了。

我道，哪日？

月英道，就你离开襄阳那天，你骑在马上，还有刘皇叔，身后尚有很多百姓。其实想跟着你去的，但是你说只能待在家里，你的安排一向没错。

后来就没什么了，过得很平淡，那个曹操占领了襄阳，我父亲说原先那些襄阳手下的都被封了侯，知道你是和曹操敌对的，但我觉得你会没事。有很多人都说刘皇叔打不过曹操，我不知道他们谁说得对。我那时就在想，为什么你会去打仗呢，我想到后来，便什么也不想了。给你做了一些新衣服，我知道会再见到你的。所以过得还不错。想想以前那些日子，没有什么过不去的。

我道，为什么会去打仗这些我现在也说不清楚。打仗或许就像磨难，而这些磨难不去经历有些事情就无法做到。或许等我们老了，刘皇叔也有了基业了。依着刘皇叔的性格，只要我对他说天下这样不好，天下应该那样，他都会听从的。如果天下不再乱了，我也就辞官了。那时我们再去南阳，我弹琴来你吟诗。就这样一生，也就完了。但是仔细想想，人的一生究竟有什么呢？就像周瑜，打胜了赤壁之战，或许以后能留下天下三分的局面，但他的一生也就那样结束了。以后如果曹操那边不行了，我说过，我还要带你去长安洛阳看看。

月英到来的事情不久传遍军中，刘备也亲自传唤。众人纷纷谈论这件事情，一些在襄阳和我熟识的人把我的旧事说了出来。这人说完还评论说，孔明这个人当时二十了还不娶媳妇，找了好几年一直不知要找什么样的，最后黄家湾的黄公告诉他，家里有个丑媳妇，但是才能和他差不多，孔明这个人二话没说就答应了，也不去看看是否真是有才。据说后来娶的时候，还不让别人看见，头上盖一块红布，现在襄阳这边娶媳妇已都在学他，头上都弄一块布盖着，别人都看不到。

当下立即有人说，用红布盖上这个主意不错，我回头也叫人学学。

一人插道，还没言完，据说后来我们都特意到他家里看看，到底丑不丑，我们一看美若天仙，女子很安恬，一看就是个好女子。我们一想就都明白了，原来是这个黄公要故意试探一下孔明这个人是否是只爱美色。对了，这黄公也来了，可去问他。

第三十五言　子龙公

诸葛孔明

月英到了荆州，与关羽将军的赵夫人、张飞将军的夏侯夫人都很合得来。赵夫人虽然贤惠，但没有月英那么通情，夏侯夫人虽然美丽，但没有那么温婉。

而在军营中待着，便朝夕可见太阳与太阴在交替明暗中刀光剑影，旗幡战鼓忽忽轰轰响彻在耳边。我即将三十而立。在这样的境界中，感悟颇多。

我思虑道自我出世天下纷乱不已，而我终于参与到逐鹿之中，而且打了自古罕见的战役。假如我依旧在南阳躬耕，这天下又将如何？因此我生来，对于天下之百姓，一定大有作用。或许正如我所言，我是要做宰相将帅平定天下的。我的好友徐庶，我每想起他，就会看见那个笃定的脸庞。回忆和他所有在一起的时光，都会成为岁月中足以使内心或温或凉的画影。但所有回忆的尾声，是他骑着马匹一脸颓废地向北而行，直至再也不见。

军中事务繁忙，两三年来，我对于军事打仗已颇为熟通，已不像昔年只在书中桌上论排兵布阵。而有的将领打了一二十年战役，仍旧不会打仗，究其一生，是搞不懂做这件事的脉络，但这件事情偏偏对他自身十分重要，这诚是他的可悲之处。我有时想到，领兵打仗的诸侯便和杀猪卖菜的平民一般无二，无非是机遇让他们选择了不同的职业。正像有些人看着便是只能杀猪的脑子，也在这诸侯的位子上领着兵，斗着争，保着自己的性命，终究被曹操这样的聪明人像杀猪般拿下。那人定会后悔，为何机遇让他做了诸侯而非屠夫？

主公刘玄德并不好多言，但每每谈起往事与曹操，神色震动。他说“济大事务必以人为本”，他说“曹操这个奸贼，坑害吾皇”，他说“我与奸贼不一样，这也是我之所以有今日”。他对遇见的一个士兵说“天热可多喝些水”，他对周瑜说“周郎一表人才”，他对鲁肃说“子敬果真有大略”。

正如长江每一处水流都有着不同的风景，每个人在乱世之中，都有一副自己的面孔。

大军攻桂阳，桂阳太守赵范自知不敌便降。刘备曾问他，你为何降我不降曹操？

赵范道：曹操这人太过奸诈，他欺君篡国，罪比董卓，是大汉子民都不会降他。但是皇叔您是帝胄，如今讨伐曹贼，正是正义之师，我岂能不来投奔。我只嫌我投靠皇叔太迟，今后来了皇叔这里，必定常伴皇叔，直到取了许都邺城。

虽然众人都知道，赵范是被迫投降，但他说得如此诚恳，如今正是用人之际，都没多言。

刘备非常高兴。赵范先是找机会同赵云结为兄弟，又对赵云说，在下有一个寡嫂，是位美人，在下要为她找个英雄，今日看见赵将军英姿，虽然不才，但也只能许配给赵将军了。

赵子龙道，我们已结拜为兄弟，虽然我是你大哥，但你的嫂子便是我的嫂子，在下怎好违背礼数？

赵范道，不瞒兄长，寡嫂确是美若仙子。

赵子龙道，不必再言，万不可以。

我听了此事，想到月英，觉得嫁娶之事是件好事，不必忌讳这许多虚浮之礼，于是对赵子龙说，子龙，我看这事情是个好事情，公何故拒绝？

赵云道，不瞒军师，大丈夫重视伦理常数，这是在下自小受的教诲。

刘备当下夸赞赵云说，子龙真丈夫也！

刘备刚说完，有人来报。赵范已去向不明，留有一封书信。众人打开书信，只见赵范书信大致的意思是，前日他欲送寡嫂给赵将军，但赵将军不受，只好携带寡嫂投奔曹操，欲在中原给寡嫂找个安置。此外赵范还说，丞相虽然赤壁大败，但据他多日的分析，要想把曹操打败估计他这一生都看不到了，也希望刘皇叔识时务，趁早到邺城给丞相请罪。大家都是汉民，何必打来打去呢，不如都安分点。

众人看完信嘴上未说，但在心里都怪赵云没有接受赵范的寡嫂。赵云道，他早看出赵范是个小人，所以才不肯与他扯上半分关系。

我也道：小人便要离去，也要恶意挑拨。

众人便都夸赞赵云行事稳妥，没与小人扯上关系。

大军不久夺取荆州四郡，不断有人投奔皇叔。大白日，一支船队浩浩荡荡从西南穿行。岸上的岗哨做好警戒喊说，你们是谁？你们从哪里来？要往哪里去？

对岸的人吼说，我们是来投刘皇叔的，我是大螃蟹村的村户张明。

此时对岸的众声音盖过此人：我们都是大螃蟹村的。我们投刘皇叔。

岗哨的将领调遣好军队喊道，你们带兵器没有？

对岸的道，没有好兵器，带了竹杆枪、铁锤，还有斧头。

将领说，你们多少人马？

对岸的人道，有四百多人，十七头驴，没有马。驴是好驴。

这人说着，驴也叫了几声。

将领道，可让你们领头的过来。

四百多人随即受降，军队不断壮大。即使曹操已经一统中原，势力已经盘亘大半个天下，但仍旧有人投奔刘皇叔。这便是因为天下太大，天下的人太多，便不愁找不到不知道曹操的人。

不久之后，一个黑夜。人声鼎沸，我在睡梦中惊觉，心中想一定发生了大事。我随即赶到统帅营帐。

第三十六言　五万众

诸葛孔明

此时刘备正和一个椅子上擦着汗的人攀谈。大家客气完毕，互通姓名。那人继续擦汗说，这次都来了，我全家人也都来了。

刘备说，来了多少人？

那人说，有不下五万人。还没来全。

我和刘备睁大眼睛。刘备道，果真有五万人？

那人道，不敢欺瞒皇叔，来之前仔细点过，确属五万余众，人太多，动静太大。臣下这次考虑着分批来。这次来的是臣下，下次来的是臣下的先锋杜瑞。

刘备道，将军这么多人，是为抗曹立了大功，将军想在皇上那里要什么官职，容我上表。

那人说，不敢不敢，这次我全家人都来了，都是仰慕皇叔，我老父亲催促着我来。他对我说，跟着皇叔干，不要讨封赏。我意下是听我父亲的言语，跟着皇叔中兴汉室，愿当皇叔一个麾下先锋，前线杀曹贼出力，报皇叔招收臣下之恩。所以最好让臣下在前线跟曹操打，让臣下战死以报效皇上和皇叔。

此人便是庐江雷绪。他这一来，浩浩荡荡荆州多出了四五万人马。荆州一下步军、水军、马军，加上各种工匠共九万人，势力大增。大军对外号称十五万。

刘备封此人为偏将军，不久之后此人与曹操大将夏侯渊前线征战，被斩。刘备连哭三天。

在此之前，刘琦公子虽被表为荆州刺史，但不知何故，他身体一直欠安，以至于后来便不能再接见来降的人。

众人来降时常常不知所措，因为偏侧坐的人是刘皇叔，虽然位居偏侧，但被直接引见，气势也最有神，一看就是主事的。而中间坐的刺史大人则明显不能蓬荜生辉。这让来降的人不知该向哪个先躬首。有的人一进入大帐，马上跪向中间的人道：罪臣叩见刘皇叔。只见有人马上指向右边，暗示他皇叔在右边。

不久之后，公子刘琦病死。刘玄德便终于接替他任荆州刺史。

建安十五年，与曹操战事暂时平息。孙权邀请刘备谈论益州。孙权说，我意下是要入蜀，蜀主刘璋法度废弛，公瑾说自己发兵三万，不出两年，就可拿下益州，使君以为如何?

刘备一看孙权要抢先入益州，连忙说，刘璋和我都是同宗同脉，赤壁之战时他虽然帮助曹操，但也是被迫无耐。如果他得罪了吴侯的手下，我愿意为他说情。如果说不了情，就让我削去职位，放归山林。

孙权说，再议再议，刘豫州果然仁义。

而自周瑜死后，大家都认为实是天意，周瑜目中无人，让我们住在公安这小地方。这正是老天开眼。不久之后，鲁肃接任都督一职。刘备又去借荆州。鲁肃对孙权说，曹操与我军在合肥征战，正面难以抵御曹操。权且把南郡借给刘备，这样一来，我们多了一个朋友，曹操则多了一个敌人。

孙权随即应允。这消息传到曹操那里，曹操吃惊不小，有消息说曹操彻夜难眠，急得团团转。

而此时荆州军普遍传言，刘皇叔将取天下。因为刘皇叔仁义，曹操暴虐，所以不顺意刘皇叔的都被老天给弄死了，比如刘琦公子，实在是老天暗中派来助力刘皇叔

的仙童下凡。他把荆州让给刘皇叔之后，他的任务就完成了，老天就将他收了。他老人家是功臣。再比如周郎，妨碍刘皇叔在荆州发展，于是触怒了天公。天公也将其召回。这也是为什么曹操在赤壁无法把刘皇叔打败，反而被刘皇叔打得落花流水。

传言有理有据，很是能够稳定军心。

大军本部随后迁往江陵。江陵又名荆州城，是荆州境内一座重镇。自古以来是兵家必争之地，易守难攻。

大军夺取南郡，即与曹操就争夺襄阳开战。两军互有胜负。传言曹操本人亲自从邺城赶往许都，又从许都赶往襄阳，令襄阳太守坚守不得随便开战。

如此一来，荆州军便无事可做，刘备整日只得收拢人才。

我极是欣喜，旧日荆州认识不认识的故交此时都汇聚在一起。某日一名人才赶来，我一看他原来是昔日与我讨论官渡之战曹操会不会败的书生。当日我言曹操会胜，他说袁绍必胜。袁绍险些胜了，但还是大败。事后再论这事，他仍旧很不服气，只是说袁绍没有给他争气。他说汉室已经亡了，看不惯曹操仍然操控着一个汉朝的皇帝其实假惺惺专权自立。

那人全没了往日的说辞，一见我就说，早就听说军师文韬武略，皇叔成就今日全仗军师。

我说，彼此彼此，好男儿追随好明公，望我等共同协助皇叔，力辅汉室。

那人道，正是正是。还是汉室重要。

跟着刘皇叔比跟着曹孟德的好处是，人人都显得极有道义，那就是为了汉室，并不是为了自己。而不为了自己做事情，为了天下或者他人之道义做事情，做事情更有力量。某日攻下城池，一位大将高兴道，将士们又为皇叔夺到了城。

刘备赶忙伸起手指示意他噤口，道，又说错了，都是为皇上打下的城。

第三十七言 占江西

诸葛孔明

我每日忙碌于军务政务之中，陪月英的日子着实太少。与她相识已有近十年，但自诸葛果后，和她仍然没有子嗣。

我对她说，你当初可知道我有今日？

她道，并不知，你现在做了这么大的官。

我道，非是这个，只道你当初嫁我之时绝对不会想到会过这样的日子。

月英不再答话。

夜里寂静，偶尔马声嘶鸣，旗幡响动。

我每日于夜中思念往事，思虑国事，军事，将来之事。而渐渐不知月英在想什么。

赤壁大胜之后，我任军师中郎将。这也是故往历史上第一个这样的官职。我一再想起先祖诸葛丰，觉得他那样的人品，才真正让他成为一个独一无二的司隶校尉。这个世界有太多的人扮演着太多的面孔，而人中独清则是你在世间众多纷扰中，能够找到安放自己心灵的城池。即使天下大乱，食不果腹。而就像月英那样的女子，无论多黑的夜晚，心灵中总有挂念会让明月升起。

自与曹操敌对之后，我愈来愈恨极曹操。我说我是让天下百姓找到福荫的，而国家之主就该是刘玄德那样的仁厚之君以及像我这样的严明之相，而不是以母亲为挟夺我朋友的权贵之人。

刘玄德实力弱小，彼时与周瑜合力攻下南郡之后，准备西取襄阳。但襄阳城坚，一旦放弃很难夺回。我想，如当初刘备听我之言，从樊城撤退时拿下襄阳，再联合孙权于襄阳拒曹，则孙刘联军统帅则必是刘备。则当时荆襄得矣。但刘备心中自有他认为的信念，他认为那空虚的道义胜过十万雄兵，而我想，这天下十万雄兵之所以心甘情愿跟着刘备，也是为着他的道义。这也可令人琢磨思虑。

全军奋勇夺襄阳，刘备亲自上马厮杀。我在营寨远处看着刘皇叔亲自拿着长戟恶狠狠地拼搏冲刺，他和一干护军左冲右突躲避敌人的枪刃和箭支。后来只看见模糊背影，但我想象到旁边护军倒下之后刘备对敌人的恼恨面容。

三日之后，大军兵败，粮草已然不够再打下去。于是退回公安，刘备跟江陵周瑜索要粮草。但周瑜气傲，给了一点儿后硬是不肯再给。刘备将一杆长戟扔在大江里，大骂周瑜。全军则跟着一起骂。

我说，可向北夺取江南四郡。维持给养。

刘备说，那地儿人少，又不能屯兵，打下有用吗？

我道，当前我们要有立足之地，其一选这四郡之兵补充兵源，其二抽四郡之养以充军给。

刘备当下亲自领兵西取四郡。

不久，四郡相继被取。得到的大将如庞统魏延黄忠廖立等人个个是不输曹操手下良将文谋之大才。皇叔于是名声鹊起，兵卒纷纷来投。

战时闲暇，为了更好地调度军事，我则于书法中求清净。刘备走过来说，先生写的什么字？

我说，是对西戎兵事的一些研习。

刘备说，孔明你都已经开始研习西戎兵事了？

我说，正是，西戎地处凉州，将来得了益州，凉州则处于益州边界。

刘备说着走过来看笺上的字，念道：西戎之性，或城居，或野处，米粮少，金贝多，故人勇战斗，难败。

看完之后，刘备赞叹说，不错不错。又指着另一卷已经写好的竹笺说，这张是研习哪家的兵事？

我忙笑说，这是我闲来修性之言，非是兵事。

刘备走过来翻起，念道：老子长于养性，不可以临危难。商鞅长于理法，不可以从教化。苏张长于驰辞，不可以结盟誓。白起长于攻取，不可以广众。子胥长于图敌，不可以谋身。尾生长于守信，不可以应变。王嘉长于遇明君，不可以事暗主。许子将长于明臧否，不可以养人物。

刘备看完后赔笑说，孔明，这是你养性之言？

我道，区区胡言乱语，不值主公一提。

刘备说，我看这上面很多“子”都是我早年读书时夫子所说的圣人。我读书读得不行，但这么多“子”都不可以啊？

我道，并非诸子都不可以。但诸子都有优劣，后辈在学习他们的长处时则要避免他们的短处，如是，可高过先贤圣人。

刘备听了半天才顿道：孔明真乃神人，这些话我是第一次听说。我等凡夫俗子，怎可高过圣人，但听孔明你今日一说，并非不可以？

我说，主公过谦。圣人之所以成圣人，便都是光武帝所言之努力方能成就。主公现在地少兵少，但只要发愤图强，有朝一日定能克胜曹操。

刘备连连称是。

甘夫人是军中第一夫人，又长得最漂亮。诸多君子闲来饭后，不免多聊。传言以前刘备曾拿玉人与甘夫人媲美，夜里常常把玩玉人。但甘夫人引用古典劝说皇叔洁身自好，不要玩物丧志。因此甘夫人被军中文士传为佳话。我不禁想起先汉班婕妤。

但自从长坂被劫掳之后，甘夫人极少露面，深居在县府宅邸之中。我对月英说，甘夫人是位好夫人，你可帮我去看看她是否安好。

月英回来说，甘夫人病得厉害。她是位很好的妇人，但跟着你的主公，吃了太多的苦。

我将刘备弃甘夫人、糜夫人于不顾的事说与她听。

她说，你怎么看?

我说，当今风俗如此，天下男子大多一样，都视女子如衣服。妇人卑劣，就没有会如我这么想的，所以我也无法要求全天下之男子都如我一样。我觉得我只要有了你，一生一世必然牵挂。

月英顿了一会儿说，总之觉得你和当世的所有人都不同。

我笑说，因为我是天下第一位军师中郎将。而且有朝一日，我会做宰相。就如我先祖做一位独一无二的司隶校尉一样，我也一定会是一位独一无二的宰相。

第三十八言　吴鲁肃

诸葛孔明

自周瑜死后，鲁肃接任东吴统帅一职。鲁肃是个大汉，但又最懂心计。而真正懂得心计的人想得高远长久。一次鲁肃来访，我单独与鲁肃会面，极乐意和这忠厚大汉坐在一起。

我坐下便言道，东吴全靠子敬。

鲁肃说，荆州全靠孔明。

我说，哈哈。

鲁肃说，呵呵。

我说，现在战事仍然紧张。

鲁肃说，曹操兵马仍然最强。

我说，只有两家联合。

鲁肃说，只有你我联手。

我看这阵势相谈甚欢，对其道，我们非势利之交。还望多多帮助我照料大哥。

鲁肃道，皇叔如果不是靠东吴不会有今天，但在下心里清楚，克曹皇叔功劳不小。你大哥自是东吴人才，东吴自会

照料。

我心中暗想，以前庞士元看不起周瑜而独敬鲁肃，果然有他的道理。鲁肃心性温和，但心中条理清楚，做事清明。

鲁肃来了之后便对刘备道，曹操攻合肥，吴侯希望皇叔派遣张飞领兵前去协助。

鲁肃刚说完，武将都睁大眼睛，文臣都直接转过身去。

刘备并未接话，而是上了一筐梨。

鲁肃客气道，我不吃梨。

刘备说，甜梨，甜。

鲁肃尝了一口说，甜。

这时刘备给孙乾递了递眼色。孙乾连忙说，这是雪花梨，个头大味道甜……

鲁肃听完介绍后说，梨子不错。这次曹操与吴侯在合肥开战，吴侯希望皇叔能发兵讨贼。

刘皇叔一脸笑容立即转为一脸忧愁，对鲁肃说，子敬并非是我不讨曹操。襄阳有曹操大将乐进数万人马，我等也是刚刚在荆州扎下，现在兵士大多为新兵，未经操练。有的地方营寨都没扎好。我晚上不能安睡，便要看到士兵都能安睡我才能安睡。子敬你是不知，你可问问孔明。我等处在残破之荆州，北有曹操骚扰，内有人心不稳。

我连忙道，皇叔确是不容易，还望子敬如实禀告吴侯。

说着，刘备脸上忧愁，几乎就快要落泪。众臣心里都很高兴，心想主公此时忧愁得很及时也很到位。

鲁肃一看再说，皇叔就要当场落泪。于是说，还望克破曹操之后早日归还荆州。

这本是预祝胜利的吉言，但涉及地盘利益，却极敏感。

刘备脸色也已经很难看。此时一名武将站起来说，你口口声声说归还荆州，可知我家主公才是荆州牧，他是皇上的叔父，你们吴侯算哪门子人，无非趁着朝廷衰败想篡权谋……

武将谋字还未说完，已被刘备喝住。尽管喝住，但局势一下子十分难看。鲁肃即便自己不是东吴主公，但作为东吴掌权的臣子，面子上已经挨不过去。

鲁肃于是指着武将的鼻子呵斥说，我等赤壁之战时没见过尔等娃儿。如果不是我家主公，皇叔能有今日？不能容你这等狂贼胡言乱语。

我和刘备只好当场劝解。但鲁肃越说越激奋，以至于关羽等人都看不过去。关羽顶了几句，大有当场开打之意，刘备连忙劝住，身后的人一边看着刘皇叔一边拽着关将军。

鲁肃最后摔袖气愤而走。刚走出几十步，后面有人追着大喊，子敬大人留步，皇叔还有重要之事相托付。

鲁肃本以为皇叔会给他派个几百步卒，他也为了两家关系，并不是真要撕破脸离去，于是放缓脚步等皇叔。皇叔气喘吁吁地道，子敬，雪花梨，是我心意。请你捎与吴侯。

鲁肃走后，刘备说起他曾面见孙权时的情景愤愤不已。他说，我是当今陛下亲封的左将军，他孙权只是名不正言不顺的讨虏将军。但他竟然对我说，可不可以给陛下上表封他为车骑将军。

众人纷纷安慰皇叔：左公是皇上亲封的左将军，又是皇上的同宗叔父，又是帝室血脉，又姓刘，又是中山靖王之后。皇叔是白手起家，靠的是大丈夫的真信义。但孙权姓孙，不来向皇叔屈膝则罢。也不是真心对皇上，不过是拿了父辈的家业逞能，抗曹不过是为了篡权谋国。鲁肃等人也是看不清局势。

荆州一众处在荆州这水深火热之地，不免焦虑，于是整日商量如何夺取益州，但是思来想去也想不出办法。我已深深了解刘备的意思。无论任何时候可以丢了妻子，但不能输了道义。我于是日日忙于军务、政务，于空暇之中思虑如何早日占领益州。

荆州军士日夜不停操练，我已不知研习了多少兵法，制定了多少军令。曹操有虎豹骑。我提议挑选军中将士，勇猛好斗者单独为一营，善于骑射者为一营。于是大军出战，猛士在先，士气十分高涨。敌军一看荆州都是虎狼之师已经军心大败。而自古以来常胜将军治军必定严格，治军严明，军队则是上下齐心的整师。军队齐心，一万则可对敌方五万。而大军打仗，用尽一切办法让敌人处于劣势是为计策。在我和庞统等人的号召之下，一些将领出战必先考虑计策。于是导致明明敌人都是老弱病残，一些将领藏在山上暗思如何使用声东击西、打草惊蛇、调虎离山计。

自古以来交战双方博弈不怕敌人是神兵天降，就怕自己处世无方。而沉着应战，尽量考虑周全，使自己不落下风，无论敌人大将何等神机妙算，仍不能把自己怎么样。

因此荆州将士虽然处于曹操和东吴的腹心，但曹操几次下令，不得对荆州轻易开战。因为荆州刘备已非他日。荆州人个个高兴，但唯我十分忧愁。我对众将说道，曹操怕我们，并非是曹操不强，而是我们不弱，倘然我们一旦改变，变弱了，曹操就能战胜我们。

刘备说道，军师说得极是。大家知道军师为什么这么说吗？

众将操着各地口音说，不知。

我本以为刘备知道，但刘备说，请军师详述。

我说，当年袁绍和曹操开战的时候，我们都认为袁绍必胜，因为袁绍兵多。但事实是就在曹操快要败的时候，曹操突然又胜了。这是为何，这不是曹操过强，而是袁绍失策。袁绍曾经南征北战，消灭公孙瓒，何等勇武。这曹操在赤壁，就在我们都认为曹操兵多能胜我们的时候，曹操却输了。这是曹操不强吗？全然不是。又是曹操的失策。因此，无论如何，众将务必多个心眼，不给敌人可乘之机。

大家散了之后。刘备单独召我说，先生我有个不情之请。

我说，主公不必如此客气。

刘备说，我儿阿斗也到了识字的年龄。我从小不爱读书，不识文化。但看先生，学贯古今，也才能让荆州有今天。因此我打算让先生教育我儿，不知能行不能行？当然，孔明军务繁忙，我意下是先生有空多稍稍照料我儿即可。

我急忙低首说，自当照顾。主公万勿客气。

于是，我回去对月英说道，今日皇叔找我说要我教育阿斗。

月英嗯了一声。

我说，阿斗才三岁。皇叔对自己的儿子何等重视，他定然是想让他的儿子有我的学识。

我道，但我太忙了，复兴汉室要做的太多。

第三十九言 计张鲁

诸葛孔明

我道，但也不甚坏。皇叔对我的礼遇你也看到了。我大哥在孙权那里。以前孙权孙仲谋想让我留在东吴，但我看他不行，虽然与我几乎同龄，但我看他心性城府颇深，他有些智略。我听说我大哥没少被他戏弄。我想我这样的人到了曹操那里，与曹操相处不到两天，就恐怕被他斩杀。我与曹操不是同趣味的人，我也看他不上。孙权那里也不可以，现在看来也唯有刘皇叔了。照这局势，只要皇叔听得进军机，善待百姓，考虑周全，不如袁绍、曹操那样失策，别人则不可能胜我们。相反我们一步一步取胜，直到夺取天下，太平之日，我领你去长安，去洛阳。或者回我家乡。我还记得家乡的面条。你爱吃面条吗？

月英说，不是很喜欢。荆州这里便都是稻谷吧？

我说，面条味道鲜美，有的面条尝起来爽嫩可口，做一碗冒着热气，吃进肚子觉得舒服。

我说，面条的种类太多了。不过我吃得不是很多。我想到长安去，我听说面条最早就出自那里。

我说，不过我们应当先到成都去，那里有你喜欢的司马相如。

我说，皇叔和我都是北方人，但是我们却在你们楚国起事。当年亡秦的也是楚国人。我对兵士们说霸王不是个英雄，因为他让自己败亡了，但其实霸王也算是英雄。不过我们没有霸王的兵力，我们不能像霸王一样输给高祖，我没法像太史公那样去描绘一个勇猛之士，因为在我看来勇猛无用，也因此霸王只能弄弄兵事，却无法掌治天下。

月英说，那京城的确也挺大的，不过现在这里全是人。我今天看见一个女子来找一个男子了，那男子在这里当兵士。那女子好像找了很多天却找不到。她坐在那里只是哭，哭完之后男人们让她回去。那女子不走，有些男人还吓唬她，我想走过去对她说话，周围就有兵士想阻拦。有人说我是大官的夫人，他们不敢拦了。我找了些东西，给了那女子。之后她被兵士呵斥走了，我还记得她的眼睛。

我道，这我不知道。

月英说，没有你什么事情，这世上就是如此，很多无奈。

与月英说着话，我突然想念家乡中的一切。正在想着，突然门外来报。一人端着器皿，说道，最近主公收到乡绅的上等精面。主公说军师劳累，特意做了面条。

我心中感激，心想想着面条面条就到。我又想我真是高傲的人，幸而刘备待我很好。倘若像孙权待我大哥那样，或者像曹操待他那手下那样，只把我当作奴仆，我也就早早离去了。

晚上天色黑暗，四周看不见人影。我说天上怎么没有月亮，突然月亮就出来了。我道怎么从没遇见过曹操，突然曹操就来了。

曹操是一个凶神恶煞的人。我吃了一惊，但随即转而高兴道，孟德身体可好？

曹操见到我很不高兴，脸色一沉，手上拿着斧一晃说，你是诸葛亮？我昔日差人送你礼物你可收到？

我想曹操居然认得我。我作揖说，在下正是，前日礼物便已收到。

曹操说，你为什么坏我好事？我现在把天下都平了，大半个天下都是我的，就差荆州了，是你诸葛亮坏我好事。

我平静道，你就像是王莽，得了天下天下还会再乱。

曹操吼道，我非王莽。

我道，你不用狡辩，刀斧手在此，便把孟德绑了。

突然皇叔从身边站出来拔出剑，正要砍向曹操。曹操突然不见了。皇叔问我，孟德何往？我突然清醒说，现在杀曹操还为时过早。

突然鸡鸣声响起。我起身，刚才确是在做梦。

自当大官之后，我愈来愈看到更多的人和事，大多数人为了势利而活着。一些人很是惊讶，荆州管事儿的军师大人不爱钱，亦不图权。而看此人，无论是治军还是理政，公平严正，毫不手软。而这世界上大多数人并非是像我小时候听到的故事中讲述的那样大奸大恶或者大慈大悲。人们处在环境当中，语言行为由利益和情感所决定。制度严明，官吏无法贪得利益，则他们心安理得，又何尝不是一种活法？

某日，我正在处理案上的文笺，突然发现竟然有秘密呈上曹操寄来的密信。我心中复杂，一边高兴看来曹操也终于知道我了，另一边则在忐忑不知曹操是何诡计。

拆开信一看，曹操大致在信中告诉我说，这封信是我曹操亲自写的。早就听说诸葛亮是个人才，你的好友徐元直石广元孟公威常常念叨你。你看能不能过来看看他们。我们这里条件优越，你来了能做个大官。听元直说你从小想做丞相，但是现在丞相我做了，是陛下亲封的没有办法，小兄弟你来了虽然不能做丞相，但至少封侯等云。

我看完之后笑笑，但想起元直和喜欢曹操的公威，不禁酸楚。

三日之后，府堂之上有人争吵。我一进来，众人皆不说话。我说，是何事？

无人说话，众人支支吾吾。

刘备也随后进来，见状问发生了什么事。

那人支吾半天。刘备眼睛狠狠一瞪，那人方才说，最近收到曹贼的一封信，信上说军师准备出降。

我心中一愣，脱口而出说，这是曹贼的反间计。

刘备瞪着那人说，此类事情不许再报。

建安十六年，甘夫人死了。荆州渐趋稳定，兵马日壮。曹操见无法战胜荆州，于是也准备抓紧入蜀。我日益担心，刘备也是十分焦急，但又实在找不到入益州的借口。

荆州众人日日考虑如何进取益州。东吴又派人过来言道，现在借你们荆州已经两年了。

而曹操入蜀必先夺取汉中。汉中张鲁是先汉张良的子孙，张鲁的母亲善于养生，因而时常保持少女的容颜。张母和刘璋的父亲刘焉关系很好，也因而张鲁得以被任命为刘焉的军司马。张鲁在前线杀死了汉中太守苏固的另一个司马张修，因而占据汉中。但益州牧刘焉死后，其子刘璋接位。刘璋是个宽厚的人，他对张鲁说你要听我的号令。但张鲁觉得刘璋软弱可欺，于是三番五次不听其令。刘璋说你要再不听我就把你母亲家室杀之。张鲁屡次再犯，刘璋便杀了张鲁母亲和兄弟，两家便成为仇家。

张鲁占据汉中后，运用自己杀死了的张修的教法，大力发扬五斗米道。而张鲁杀死的张修和二十多年前黄巾军的张角一样，都是道教圣人。

张鲁杀死张修之后，普及张修的五斗米道。那时人人只要交纳五斗米就可入道。初入道者一律叫鬼卒，在道上混久了则升为祭酒，混好了则是大祭酒。整个汉中没有官吏，只有鬼卒和祭酒，通俗易记，汉中人都十分信仰。而张鲁本人是师君。那时，穷苦百姓从四方战乱的地方纷纷赶到汉中，要求入道。有的百姓凑齐了五斗米时已经快要饿死，就在交上去快要饿死的时候，只听祭酒们说，恭喜兄弟，你现在是我们的鬼卒了。

张鲁在汉中招纳关中关西和各地逃难数十万百姓，势力渐大。当年黄巾起义，张角发布口号说，苍天已死，黄天当立，岁在甲子，天下大吉。他十多年来带着两个弟弟走南闯北传播的太平道终于发挥作用，而叛徒告密，张角决定提前起义。他派人联系了自己早在全国三十六个地方联系好的人马发动起义。一时间百姓情绪高涨，七州二十八郡人马纷纷发动起义，可见百姓之苦已甚。张角自称天公将军，他的弟弟分别是地公、人公将军。

但义军皆是农民，凡不是农民的不论好坏，一律抢劫。这导致地主士人官吏皆起来自卫。大地主商人配合官吏，资助了另一批百姓充实官军，而刘皇叔便在其中。赶上了讨贼立功的好时候，有志向的男儿纷纷操起刀枪。而我刚懂事时正好赶上黄巾起义。那时人心惶惶,家里告诉我说黄巾贼杀人了,我便在心中把他们想为鬼怪的样子。黄巾军所到之处,鸡犬皆无。与此同时朝廷派人讨贼,许多人靠着镇压黄巾义军发迹。譬如卖草鞋的刘皇叔,曹操、袁绍、孙坚等人皆是如此。

但很可惜,张角病死之后,朝廷费力将黄巾军荡平。张鲁的五斗米道和张角的太平道十分相似。朝廷看到张鲁势力不小,在汉中盘踞宛若当初的张角,于是发兵征讨。而张鲁的鬼卒实是太多,最后朝廷一看算了,也没有造反,于是封张鲁为镇夷中郎将,并鼓励他好好干下去。因为汉中实在是块好地方,当年高祖皇帝在这里封为汉王,便开创了汉民天下。正是这块地方也让天下所有人都成为了汉人。

汉初的曹参、萧何、韩信都在这里留下足迹。因为汉中盛产粮食,产有天下最负盛名的稻米和粟。以至于后汉时期,喜欢小麦的朝廷同样认为那地也应该盛产小麦。而随着朝廷大乱北人迁居汉中,汉中也开始种植小麦。所以据传闻,汉中不但有白米、黄谷,更加有上等白面。而汉中人人善用铁器,善养渔业,民殷充实。我原先住在草庐的时候,许多人问我汉中如何。我道汉中实在极好,我极是向往。

我那时幻想着我便是张鲁,我笑道怎么可以只有鬼卒和祭酒呢?那样一块好地,必定要好好治理。

刘备对我道,你看曹操这次要攻占汉中,他可以胜吗?

我道,张鲁不是曹操敌手。

刘备说,听说张鲁是鬼道中人,手下的都和鬼神沾边,是否……

我说,在乱世之中,小人用鬼神蛊人,可以诱惑一时。可一旦遇到强人,张鲁必定不胜。

刘备道,万一张鲁降了曹操该怎么办?

第四十言 谋刘璋

诸葛孔明

我道，此时应当结交刘璋，抵御曹操。

刘备于是给刘璋送礼。我亲自用皇叔口吻写信给刘璋，阐明他和刘备乃同一宗室，曹操如何欺凌陛下，皇叔便如何英勇抗曹于赤壁。

最后为了写得真切，我问皇叔说，主公以前在朝中可曾见有曹操欺凌皇上的实例。

刘备道，我当时在朝中，陛下在朝堂当中坐着，曹操便是一句话也不让陛下说。不但如此，陛下就好似傀儡。有一次上朝陛下不小心咳嗽了下，曹操当即在朝堂上干笑。我后来听人说那天曹操一天没给陛下吃饭。当时有一个大臣去问曹操为什么没给陛下吃饭，曹操说省点粮食给百姓吃。大臣说陛下饿死了怎么办？曹操说不是还有孤吗？那大臣想要扇曹操，曹操手下的想要拔剑。曹操说不要杀他，他是个忠臣。但是他已经被曹操的手下给杀死了。曹操说可惜，可惜，明天把他厚葬，家人要好好对待。但是第二天曹操突然犯了头痛病，他看见别人要厚葬那个忠臣，突然道怎可这么浪费？他的手下告诉他是他的命令。他说，我昨天心情好，头不痛，今天我头痛，这人不必葬了，随便扔什么地方。你们快去给我请华佗。但是不久，华佗治好了曹操的病，就要离开。曹操说我明天还头痛怎么办，你不能离开我。华佗说还有百姓在等我。曹操说，孤整天为百姓考虑，你不能为孤考虑考虑吗？华佗这个人也很倔，不怕曹操，他和曹操分辩。但曹操便很残忍，硬是把华佗杀了。你可想他是真为百姓考虑吗？

我没想刘皇叔一下子说了这么多话。在外人看来，皇叔并不好多言，但那是并没有和他聊到兴致之处。我连忙道，曹操奸诈，便让皇上寝食难安。

皇叔接着道，据说曹操杀死华佗之后，头痛得要命。他连连扇自己的脸，说我怎么把华佗杀了。后来他的儿子曹冲生病，百姓都说这病只有华佗能治，但是他把华佗杀了。天公也就把他最爱的儿子收了回去，以报华佗之死的仇。

给刘璋的信写好之后，我心中极是不安。因为我心中极为觊觎益州，我也想象刘璋守不住益州的时候，我将派关羽张飞赵云杀入益州。迟早要与他兵戎相见，也因此我便担心刘璋是否会从信中看到什么。

我得闻消息曹操派大将准备进攻汉中张鲁，而此时陇西部曲马超、韩遂等人也以为曹操将要进攻自己。于是马韩等人集结西凉十部，凑齐十万西凉兵，一路攻至潼关。而马超的父亲马腾在此之前已被曹操召入邺城。马腾、韩遂皆是西凉军阀，昔年董卓曾讨伐韩遂。董卓入长安之后，马腾附于董卓，替董卓镇守西凉老家。董卓亡命之后，曹操在中原兴起，马腾、韩遂便看着曹操和袁绍到底谁能争夺天下。结果曹操胜出之后，以天子名义招纳马腾进京做官。马腾的全家都进了京，只剩下长子马超在陇西旧地统领他的兵马。韩遂是马超父亲马腾的结义兄弟，马韩二人都是开府的大将。此生征战无数，不知杀死了多少太守、头领。就像很多太守只是杀猪屠夫般货色但却鬼使神差般处于征战诸侯之位。因而大多数割据城池之太守，占地之兵马头领，他们好不容易凑齐了一些兵马，此生都不知道拥有兵马要做些何事便被杀死。

皇叔问我，我听说赤壁之战时，曹操已经让人把马超的父亲接到了曹操的邺城，而马超为何会反？

我说，人人都知曹操奸诈，便掳了人父亲又有何用？

皇叔道，孔明言之极是。

给刘璋去信后不久，消息传来，刘璋已派人去接洽曹孟德。荆州方面都十分愤慨，大将们纷纷表示要出战益州。刘备坐在椅子上一言不发。

然而益州势险，刘璋虽弱，但民心稳定，并无法速胜。刘备下令说，兵马要抓紧操练。

某一日夜晚，刘备召我回顾往事。他对我说，你看我年纪也不小了，现在才有荆州。

我只能找一些晚年成就霸业的人来安慰皇叔。

刘备说，孔明所说不错，不错。但你看我们现在的兵马守住荆州便是如何？

我愣了下，才知刘备在局势面前已经动摇。然而我深知过往故事，当主公的怕三忧四，并不只是他一人。

没几个月之后，刘璋突然派人传来消息，说他的使者不久即将到荆州。刘璋的人带过来几十匹上等良马。刘璋的人道，这匹宝马是给皇叔的，这匹马是给诸葛军师的，这几匹给关张将军。

刘备笑着说，谢过季玉兄。

刘璋的人走后，我说，臣下无须用马。

刘备道，并不是我赐你，乃是刘季玉给你。刘备将自己的马赐给庞统。

庞统说，这并非好事，如果刘璋有意投降曹操，又暗中迷惑皇叔，事情难办。

我道，刘璋软弱不定，既结交我们，其降曹操定然也不会那么甘愿。当下要做的，是明白刘璋有何居心。此人如同昔日刘表，都占着天下最大的州，却无雄心，做事又举棋不定。

没过几天，流言传说曹操已经与刘璋决裂，刘璋不仅打算抵御曹操，而且准备邀皇叔入蜀助阵。皇叔十分高兴。又过了几天，消息基本证实。刘备对兴奋的文臣武将说，大家要甚加小心。

第四十一言 入益州

诸葛孔明

原来，传言称曹操将要进攻张鲁。益州同样分成了两大派，其一派认为曹操极是贤明，将来必能得到天下，这派便列举了曹操贤明的二百条实证。其二派认定曹操十分残暴，简直与畜生无异，这派同样列举了曹操是个畜生的三百条实证。双方臣属争执不下，认定曹操贤明的人也极是脸红，因为说曹操像畜生的人证据确凿。而认为曹操像畜生的人也大言不惭，因为曹操某些方面又确实很贤明。两派实是争执不下，最终刘璋选择认为曹操像畜生的人那派去曹操那里考察一番，结果这人便在曹操那里受到冷遇，之后回来对自己的主公道，曹操可是不行。主公千万不能受降，此公从不把主公放在眼里。

刘璋说，那孤打不过曹操，如何是好？

认定曹操残暴的一派献上计策说，刘皇叔现在在荆州，当年他把曹操二十万大军给消灭了，让他来，便能成事。

反对派立刻反驳说，那个刘皇叔是个白眼狼，你让他来等于引狼入室，他要打不过曹操，那便照样不行，他要打得过

曹操，主公您可还能控制得了他吗？此举绝对是引狼入室。

认定曹操残暴的一派反驳说，你拿什么证明刘皇叔是白眼狼，刘皇叔杀过坏人吗？刘皇叔随便拿过别人的地盘吗？刘皇叔嫉过贤妒过能吗？刘皇叔杀过人家全家吗？刘皇叔屠过城杀过鸡吗？

这一番话把另一派驳斥得哑口无言。刘璋看认为曹操贤明的一派已经哑口无言，彻底败下阵来，于是将这一派罢黜出去。这一派被罢黜后连连叹息，都怨曹孟德不争气。这派的人仰天长叹：孟德啊孟德你说你平常克制一点，不要把人家杀了才想到再给厚葬一下，你看人家刘皇叔装得多像啊，而这些克制往往能决定大事啊。毕竟你想想人家都不容易，平常一个脑袋吃那么点面条。你青青子衿悠悠我心的同时也让别人悠悠一下可是好啊。

不久之后刘璋派使者带着黄金珍宝前来荆州。皇叔满面笑容道，何须带这么多礼？

使者道，益州丰饶，主公说只要皇叔打胜曹操，益州物资任皇叔取之不尽。

皇叔道，杀曹是我朝思暮想的，曹贼是我大汉天敌，即使明公不用如此厚礼我亦定不会对孟德手软。

使者道，正是正是，小人主公正是说，当今能抗曹的只有皇叔，皇叔手下……

使者看向一班文武。文武们挨个笑笑，面上十分荣耀。但我却觉得这情景诚然尴尬，像极是别人花珍宝来此处雇的杀手。

使者接着道，皇叔手下皆是英豪，有皇叔在，我主公可把心放肚子。我主公有钱有资，皇叔有英雄有悍将。到时候皇叔和我主公并驾齐驱，共同辅佐朝廷，成就千古佳话。

皇叔道，你说的正是。你看我这地，处于曹操腹心，东边那孙权小娃借我荆州，但他不是真心甘愿。我要守着荆州，所以也无法带足兵马。你看……

使者高兴道，正是这意思。我主公来时交代我，见到皇叔，万不敢劳烦皇叔多带兵马。皇叔荆州取之不易，要是因为我家主公再把荆州丢了，我主公便是如何也不够给皇叔抵罪。皇叔勿怪，我主公便是这般仁德。我主公说只要皇叔带几个大将过去，人马少他不怨，皇叔此行连铺盖便是也不用携带。不瞒皇叔，我主公益州兵甲也有十余万。只要皇叔坐镇指挥，凭借皇叔的胆略，定可克曹。

皇叔喝了一杯就说，那我就放心了。

皇叔说，我意下是尽快前往益州。不瞒阁下，曹操自从赤壁败于我等，已久不敢与我交战。我已久没有骑马杀过孟德敌贼。

使者呵呵道，皇叔果真英雄。

皇叔道，来我介绍你认识，这是我诸葛军师，孔明。这是我庞军师，庞士元……不瞒你说，此二君得一者可取天下，这也是曹操为何败我于赤壁，曹操再不敢与我交战的缘由……

使者睁大眼睛说，早就听说皇叔手下有万夫莫当之军师，今天一见，真是……

皇叔谦道，我无本事，全靠此二公。

使者说，皇叔乃真英雄，就看这天下最厉害的英雄都归皇叔，皇叔已经雄武天下，无人可比。

皇叔说，你要我雄武天下，我无这意思。我只是觉得，天下英雄就当效忠朝廷，朝廷就该使隶属百姓安定度日，不能如曹操那般篡乱朝廷。天下英雄知我如此，他们奉为我主，知道我是效力于朝廷，忠心佐汉，真心为民，自然卖力抗曹。这也是为何在座的天下英雄不归曹操，却归我刘备。不瞒你说，我刘备势单力孤，昔年来到荆州，我手下兵马不足千人。但看我现在，转眼三年，天下英雄又有多少人。

使者折服道，要我说这天下英雄就都该归了皇叔，可恨那曹操，祸国殃民。但请皇叔宽心，曹操末日不久即到。

即后，刘备以庞统为战前军师，黄忠、魏延为统兵先锋准备入益州。我和关羽、张飞、赵云等人则留在荆州。明眼人一看都知道，刘备此举就好似农夫下地，只把自己喜欢的衣服留在家中。但这样一来，庞统、黄忠等人也有了建功的机会。我也觉得甚为妥当。

送大军出城，刘备对关羽、张飞说，我走之后，荆州之主为孔明。多听孔明调遣，则保荆州无事。

关羽说，主公这一去要小心。

张飞说，兄长保重。

刘备向赵云等人致意，骑上马匹，又和我对望一眼，策马出城而去。我心中想，这天下总在改变，而每一次改变，便都是一次次这样的情景。

刘备走后，曹操襄阳守将得知消息，率兵来攻。荆州将士六万余人，与襄阳不相上下。敌人派出几千人马偷袭边防小县。我得知消息后，将小县包围，围而不打。敌将从襄阳派兵来援。我早已对敌人沿途路径颇为熟悉，特选有利地势，用一股轻骑诱敌深入。这股人马由赵子龙带领。我对子龙道一见敌军立即奔驰逃散，子龙说，万一敌人不追如何是好？我道，正是要让敌人不追。那条道有两条路，第一条两侧皆是树林，你假装逃散，敌人必定不敢前往，倘若敌人真的来追，你们就骑快马返回营中。敌人如走第二条。到时关将军、张将军自有安排。

敌人果然选择第二条道前来援救。忽然鼓声响起，关羽带领飞骑从高处左侧冲向敌人，敌人顿时大乱。关羽将敌军阵营冲垮之后率骑兵返回，敌人急忙操戈在后而追。追了一阵，忽然前面皆是一排弓箭手。敌人慌乱阻挡，但箭镞飞去，敌人手中正在操戈，盾牌来不及调遣，伤亡无数。敌人军心彻底大乱。弓箭手射向敌人后，随即撤去。敌人守将指挥残余军马奋力冲杀，但我军只是退后。退到一座城前，城门突然打开，旗幡飘扬。张飞率军从城中杀来，张飞的前军个个都是专门挑出来打头阵的猛汉。敌人一看势大，立即将要撤退。但张飞前面的军士皆是猛士，很快给后面的军士杀出了一条血路。敌人尸横遍野，敌将骑着红色宝马在护军的长矛掩护下拼命撤退。只听张飞喊道，只抓骑红马的将军。其他士兵一起喊道，张将军有令，只抓骑红马的将军。敌人其他士兵一听只抓自己的头子，都不再拼命与自己的敌人相搏，而抓紧回过头来逃命。而张飞军当然不只抓敌将，嘴中喊的只是瓦解敌人的军心而已。有的敌人士兵刚刚返过头来，就被长矛从后背穿入。

敌人大败之后，我军折损百余人。小县中围着的敌军则因军心瓦解而投降，而敌军折损数千。我对诸将说，打仗之前如有余暇，则定要多做战前之布置，想尽办法让自己之士兵少死，才是真正之胜。

我每日处理荆州政务，安排民事，还要全心插手军务，更要观天下之大势。

诸将还在学习《孙子兵法》，我则在编撰《孔明兵书》。我对自己说，没有办法，世间庸人太多，我只能让兵法更为详尽。我努力去想有无更好的军令，因为一条军令往往在作战的时候可以挽救无数士兵之性命。

皇叔走后，孙权派使者来探望荆州情形。孙权写信给我说，你我年纪相仿，荆州主要赖公支撑，你们主公这次去夺益州，便望你们成功。

使者也说，皇叔这次去夺益州，吴侯命小人过来相问需不需要援助。

我道，皇叔此行并非去夺益州，而是去益州抵御曹操。

使者神秘一笑说，大家都是自己人，吴侯也是希望你们能有自己之地盘。

不久之后，鲁肃从东吴过来，身边带了一名将军名叫吕蒙。鲁肃指着吕蒙对我说，这是阿蒙。

我道，东吴选将都颇为年轻，可见吴侯深有大略。

鲁肃说，此次吴侯让我过来是看你们荆州守备如何。在下对吴侯说有诸葛孔明在，荆州必定安稳。吴侯说南郡就相当于吴侯自己的家，吴侯甚为牵挂。只愿你们早日取得益州，归还荆州。

我道，子敬最看重荆州哪个大将？

鲁肃说，这自然是关羽。万军之中斩颜良，又义薄云天。曹操也深为忌惮，此为上将。

第四十二言　大司马

诸葛孔明

我道，子敬是最重恩义之人，刘皇叔也是。你我做下臣的闲来设想，假若将有一天，皇叔与吴侯争夺天下，皇叔断然不会忘记吴侯赤壁之恩。若是皇叔忘记，则由在下记着。

于是招待鲁肃。我暗自想着将来荆州的情形，皇叔将益州占据，或者从陇西占据长安。皇叔的大军将从高势冲向许都和邺城。那时曹操在城门口四处逃窜，我看见元直广元和公威。他们对我仰慕地说，你解救了天下。我笑说，没有没有，你们在曹操处做着细作，功劳不小。

歼灭曹操之后，我将从襄阳率兵沿江而下。登岸之后，孙权和鲁肃在城门口四处逃窜。我和元直笑笑，我说，留下鲁肃。鲁肃说，能不能留下我的主公。我摇着月英给我的扇子说，可以可以。

刘备前往益州的前一日。我对他说，决断多听士元。如仍有犹豫不决者，在下谨慎，愿意详尽考虑。可差遣人前来过问。

刘备感激说，自然自然。

数月之后，刘备差人将益州情形告知。刘璋派张松、法正、孟达等支持刘皇叔御曹的一派率领四千人迎接皇叔。皇叔令人写信给我说，刘璋给他的步卒配备良马，赠送钱粮无数。张松等人说，善于用兵的刘皇叔来了。皇叔到达涪城，刘璋亲自欢迎。刘璋说我要跟陛下说封玄德兄为大司马兼司隶校尉，皇叔说大司马太大。刘璋说可以先封假大司马，再封司隶校尉，将来解救皇上还都的必定是玄德司隶校尉。皇叔则封刘璋为镇南大将军，领益州牧。刘璋与刘备相见甚欢。刘备亲自派人赶来荆州说，现在已有多名益州官吏真心结交于我，且要真心背其主。这些人设计要在宴中袭杀刘璋，让皇叔为益州之主。但皇叔认为时机未到，无故袭杀刘璋，必定大失人心。刘璋已派他前往汉中讨伐张鲁，但张鲁正在与曹操开战，并未涉及益州。刘璋回到了成都，他带着三万人马和丰厚器械物资走向北边，来到葭萌县。

刘璋回到成都后得知刘备并未讨伐张鲁，于是问身边的人。那些早已有心背主的人说道，刘皇叔善于用兵。这正是善于用兵的人的策略，大军到时必定疲惫，张鲁必定有准备。此时不讨伐张鲁，正是让我军之疲惫化无，张鲁之准备白费。

又过了几月，细作来报刘璋。说刘皇叔把您发的物资给了百姓，并且在那里兴修水利，将军都住上了县衙。看样子刘备准备在葭萌长驻。

有心背主的人想了想说道，刘皇叔善于用兵，兵者贵在民心，这正是好事。主公您爱民如子，皇叔定是看我们做得不够到位。倘若将来交战，民心都依附皇叔，皇叔怎能输给张鲁？况且有皇叔这样的熊虎之将为我们守着边关，主公在成都，您也少些劳累。

而自建安十六年正月开始，曹操连派大将曹仁、夏侯渊等人讨伐关中。曹操与马超、韩遂等人在潼关开战。马超关西军多是马军，西凉人彪悍勇猛。曹操接连失败，多次使用计策方才挽回局势。

八月，荆襄大雨瓢泼。我望着大雨，想想只不过数年荆州已经物是人非。曹操昔年带着大军从中原南下荆州，刘表十万兵甲不战而降，而今日，即使荆州内外交困，人马远不如当日，但曹操也再不敢南下荆州。

九月，消息传来。马超屯兵渭水，和曹操挑战。曹操坚守不出。

马良问我道，此次马超和曹操交战。军师看谁能胜？

我说，马超不过西凉蛮夫，所依仗的不过是勇猛，西凉人又好内斗。曹操若想到计策，消灭马超不在话下。我等歼灭曹操不能指望他人。

马超的弟弟马谡已长成少年。此人酷爱读书，而且与人辩驳滔滔不绝，没人可以辩得过他。我有时忘记的书中典故马谡居然记得。而马谡年少轻狂，即使见了刘皇叔仍然颇有气势，但见了我恭恭敬敬。我想这正是我少年时的样子，而荆州人才凋零，正是需要人才的时候。

不久，曹操使用贾诩的反间计将马超军击破。马超占据渭水南，要求曹操把河西之地割给马韩。曹操假意要求与韩遂商谈。曹操与韩遂在马上叙旧，韩遂过去一直受着曹操的压制，单独会面时，曹操突然平心与韩遂交谈，韩遂十分受宠。曹操说了几句往事马上仰面大笑，韩遂马上跟着曹操笑笑，而马超就在不远处看着。看着曹韩二人相谈甚欢，马超以为韩遂已经取得曹操好处。

韩遂归来后，马超忙问韩遂取得曹操什么好处。

韩遂说，好处曹操说还要考虑考虑，他说他贵为丞相，并不容易，他自己愿意，但恐身边人不愿意。

韩遂连连笑着说，没想到这老曹真有意思。

马超对此已经起了疑心，他怀疑韩遂单独与曹操分得好处。果然没过几天，马超截获曹操给韩遂的信，马超越看信中修改的痕迹越像是韩遂与曹操的密谋。马超于是跟韩遂分心。

不久，曹操与马超会战，曹操用轻卒吸引马超强攻。等马超军气势一落，强兵进取马超，而马超韩遂再无法凝聚整师。主帅心中都犹豫不定，军士便不能立功，如此军心大乱。马超韩遂被曹操击败之后，才知中曹操离间计。

过了几月，天气逐渐寒冷。刘备自正月入蜀到十二月已经整整一年，但依旧待在葭萌关。我想如果这样一直不动，而益州的臣子已经怀有异志，迟早出事。

我于是派使者入蜀，陈述忧虑。使者归来说，庞军师也在忧虑。庞军师想了多数袭杀刘璋之计，但主公说不是君子所为，不能采用。我想起我在襄阳劝说刘备袭杀刘琮刘备不许的旧事，心中颇为忧虑。不久，刘备又派使者来说，庞军师已想出三条妙计，请孔明勿忧。

我暗想皇叔真是颇能抚慰人心。尽管如此，但依然忧虑。庞统三条计策上计仍然是挑选精兵，走捷径袭取成都。中计是蒙骗白水关将领，假意说曹操来取荆州，他必须回荆州援助，在回的途中趁着白水的刘璋将领不备，趁机折回袭取城关，然后杀到涪州。下策是离开葭萌，向东南夺取白帝城，与荆州策应，与刘璋公开反目。刘备认为中策不错，但仍旧犹豫不决。

于是冬去春来，到了建安十七年。战败的马超等人卷土重来，马超杀了凉州刺史韦康，自封为征西大将军，关西郡县纷纷投靠。曹操派人告诉马超，你全家都在邺城。

但曹操的人质并没让马超束缚，曹操只得派大将分兵抵御马超。此年，曹操灭马超父亲马腾三族。

我不禁想起曹操父亲之死。曹操的父亲曹嵩正是曹操与徐州牧陶谦交战时，欲去投奔曹操，被陶谦缴获杀死。

而孙权闻听消息，率大军猛攻合肥。结果在一次战役中，险些被曹操合肥守将乐进活捉。曹操听说孙权派重兵袭扰合肥，于七月亲自赶往合肥。

孙权急忙派使者请求荆州派兵相救。孙权的使者说，这次曹操亲自来合肥，希望荆州出兵相助。

我一听这符合庞统的中计，立即派人入蜀告知刘备。谁知刘备一听，告诉刘璋说，张鲁不过是只图自守的贼寇，不能构成大患。现在曹操与孙权战于合肥，孙权又向我求助。我二弟关羽已经和曹操大将乐进交战，事情很急，我不能不去。但是我钱粮都已用尽，如今兵马也不够，请求您再派我一万兵马。

刘璋一听刘备要离去，心中暗想自你入蜀，白吃白喝一年，一场仗都没打。现在人要走了，还跟我要兵马和钱粮。心中十分不悦。但既然前面已经给了刘备太多好处，如今他就要走了，若是不给怕是结下愁怨，前面的好处也都白给了。于是忍忍又给了刘备兵马五千，物资一半。

刘备得到兵马，竟然决定真的要离去。庞统写信给我，问我有无良策，因为主公已经无意夺取益州。

我连看益州地形。因为事到如今，只能公开与刘璋反目，我让使者告诉庞统，如

今只能与刘璋反目，可与有心背主的人互为内援。如果大军行到沛县，让主公邀请刘璋前来。刘璋性弱，如来则一定会领兵前来，此时派一支奇军星夜奇袭成都。即使无法攻取成都，也一定让刘璋瞻前顾后，死于夹击。如果刘璋不敢前来，则占据涪城，并发布消息说，刘璋意图在涪城歼灭主公，然后由涪城围郡县。我则亲自从荆州挑选人马打通前往成都之路。

第四十三言 美女篇

诸葛孔明

使者快马赶往益州。一月后，使者返回。使者说皇叔说军师计策甚好，但张松等人想要背主的事已经提前败露。主公杀了白水关的守将，还没到涪城，已经与刘璋反目，目前战事紧张。但皇叔果然颇有威名，一路过来，守将不是投降就是战败。原来，就在皇叔准备离开之时，张松一看皇叔居然就此不顾益州了。于是急忙写信给皇叔，告诉皇叔大事马上就要成了。皇叔此时离开，实在是万不应该。但这封信恰好被张松的哥哥发觉。张松的哥哥知道弟弟是卧底之后，生怕连累自己。于是向刘璋告密，张松就此暴露被杀。张松暴露的消息传到皇叔那里，皇叔看不动手怕是出不了益州了，于是只能起事。

使者说，主公说自己要是知道刘璋的人马如此不堪一击，早就起事了。现今大军进展顺利，预计不出三个月即可攻占成都，而且有心背主的法正孟达等人还在潜伏中，这些人的兵马还未动用。我一听是这样，悬着的心放了下来。

孙权与曹操合肥开战，我特地派关羽前往救援。因为将

来夺取益州，益州将比荆州更加重要。我自然要到益州去，而如我在草庐中对刘备说的，荆州将由一员上将镇守，而这上将自然关羽最好。而关羽要想在荆州安稳，必定要与东吴交好。

不久，荆州传来消息，曹操派自己最喜爱的儿子曹植前来襄阳。军中传言曹操将把世子之位传给这位天下颇有才名的少年。

据说曹植自幼聪慧，十岁时已阅读诗赋数十万言。荆州有文人对曹植甚为欣赏。有人拿来曹植写的诗赋，连连夸赞。我便拿来看看，但见辞藻华丽。

我说，当今天下大乱，也唯有文人有这闲情逸致。我认为词藻华丽也是无用，既不能教人，又言之无物。而我要写文章，便写于民于天下于军事于政论有用之文。

一文臣拿着曹植写的《美女篇》高兴地说，把美女写成这样，当真是写进我心里了。我等没有这本事。

我看到曹植一篇《汉二祖优劣论》，我想可算此人有一篇有用的文章。我翻开一看，洋洋洒洒，接近千言。看完之后，我心中笑着说，没想到，天下之大才子见识如此之短。

我十二岁时便知道汉朝二祖的臣子没有高低，就像今日的英雄和往日的英雄没有高低一个样。

曹植在《汉二祖优劣论》开头中大致写道，有人问他，汉高祖刘邦和汉世祖光武帝刘秀哪个优哪个劣呢?

我一看开头便笑着说，这等问题还要写一下，还要写道有人向他请教，实在是可笑。我六岁时就知道高皇帝远远不如光武皇帝。

曹植接着写道他告诉那个问问题的人说，高祖皇帝在暴秦中兴起，是天下的救命之君，但是没有君子的风范，不懂得礼遇儒生。但是光武皇帝通达多识，乐施爱人，重慎周密，神光威风，九州鼎沸，四海渊涌，鸥视狼顾，虎跃龙骧，迅风烈火，白日扫云，高尚纯朴。我看了看说不知用这么多词语到底有何用处。看到最后一句，曹植总结道，因为光武帝强过高祖皇帝，因而光武帝的臣子不如高祖皇帝的臣子。我想好不容易看到一篇有用的，还满篇都是无用之辞，好不容易一句平白的，反而如此草率。

我立即写了一篇《论光武》，就此反驳曹植。我在文中写道，光武帝胜过高祖皇帝此是自然。而正是光武帝胜过高祖皇帝，所以高祖皇帝的臣子比光武皇帝的臣子更累，做的事情更多。这就看似高祖皇帝的臣子才识胜过光武皇帝。但其实不然，光武皇帝能够及时采纳谋臣武将的建议，做到防微杜渐，因而光武皇帝的臣子则无须劳累，但通过他们做的事情，则可以知道两位皇帝的臣子都是英雄所见略同，没有高下之分。最后我怕庸人难懂，特地举了一个典故。一家起火，救火的人看似功劳大。但家人若是明智，早就听邻居的劝告把烟囱下的柴火取走就能避免起火了。而高祖皇帝粗疏，他的手下正是救火的人。光武皇帝明智能够避免起火，他的手下则不需要救火。

我把文章拿给荆州文武传看，我说，凡人做事必定要眼观全局，又要注意细微。既要从细节看到全局，又要在掌控全局时不能忽略细节，如此才不致成庸人。

一个文臣当即醒悟说，没想到小人敬佩的曹子建只是庸人。

我看着襄阳的方向对月英说，我此生最喜爱襄阳这座城池，因为你是这里的人。然而刘皇叔当初不听劝告，我们无法得到襄阳，你也没了家。

月英看着襄阳唉了一声。

我说，你无须哀叹。总有一天，我会回到襄阳，带你回到家中。

月英道，天就快凉了，又过了这些年，真是好快。

我道，是啊。我小时记得每一年都很长，夏天总是很热，我不知夏天要热到什么时候，但是夏天总长得不会过去。夏天过去之后又是漫长的冬天，冬天总是很冷，我不知道冬天要冷到什么时候。但是如今成年，时间过得如此之快，一年几乎就是一转眼。

月英说，便是因为事情多了罢。长大了人事情一多，时间就过得很快。天下的人总是有很多事情。

建安十八年正月，曹操攻破孙权前线营地，擒获孙权守将公孙阳。荆州联合孙吴，击退曹操。

益州传来消息，刘璋守将李严等纷纷倒戈。刘皇叔率军一路南下，攻占涪城、绵竹，现正在攻打雒城。刘皇叔派使者前来禀告说，不出三月即可攻破雒城。

但如此，荆州仍旧不能松懈。益州是新克之地，必须分兵前往镇守。我于是日日在荆州演练军士，攒备钱粮。

三个月过后，刘皇叔派人说，没想到雒城是刘璋的儿子在镇守。此人在城中粮食充足，军士皆是精锐。大军现在还未攻克，不过离攻克之日已经不远。

我于是更加在荆州做好准备，众将每日拿着益州地形图观看。

六月，消息传来，曹操已然彻底不顾及皇上的感受，在邺城建立魏国，公然让天子封其为魏公，割地给他的魏国。荆州大臣闻听消息，有的立即痛哭，有的同情陛下的遭遇，有些原先并不怨恨曹操的看到曹操当上了国君心生嫉妒，反而坚定了怨恨曹操的念头。

我对诸将道，曹操看似还没立天子，但他建立魏国篡汉之心已是昭然。

八月，我让使者入益州探探情势。但皇叔还未攻下雒城。我说，如果刘璋从成都反扑，事情危急。

皇叔派人说，军师勿忧，不出三月雒城定可攻下。

我已做好随时派兵增援益州的准备。但荆州是水火之地，大军不宜轻易调动。

十一月，有人从曹操处叛逃荆州。

叛逃的人说，小人过去以为曹操掌控陛下是为了便宜行事。小人以为曹操还算是忠君报国真丞相，但这次没想到曹操另立国家。你想，自秦朝以来，哪有权臣逼迫皇上另弄社稷？现在曹操已经在魏国设置百官，曹操要小人当尚书，我假意答应他。我对他说，魏公让小人当尚书，小人觉得这是个大事，小人要回老家去报喜。小人想尚书虽大，但篡汉就是背叛祖宗。不瞒你说，小人祖上跟随光武皇帝征战，祖上到小人这里从没做对不起汉家朝廷的事。小人趁着回家的机会，归顺到皇叔这里。

第四十四言 仲达公

诸葛孔明

我道，不知孟公威怎么样？

我心里极想问徐元直。但我每每想起他，便觉得不忍。自他被曹操逼迫前往中原，我已没有他的消息。我想他一定不好，否则以他的才略定是早早崭露头角。

我想我真是极其悯弱的人，心中真正在意的人却不忍过问。

叛逃的人说，军师说的可是孟公威？我在曹操处见过他。他一直待在曹操的魏郡，官职好像是某个将军的治中从事。这人不爱说话，我过去曾拜访他，他总是对我提起诸葛军师。

我说，不知河内郡人司马仲达在曹孟德处怎样？

叛逃的人说，军师说的其他人我或许不知。但司马仲达是人人皆知。我和仲达是同乡，此子着实是个人才，和我们关系都非常好。曹操对他看得更紧，曹操也看出他不是一般人物。曹操经常对我们说，这个司马懿看上去鬼鬼祟祟的，像狼一样。仲达跟我们说他哪里是像狼，是被曹操吓的。曹

操当年非要让他做官，仲达早看出曹操是篡汉，必不能长久，于是怎么都不想去。但曹操非要让他去，派刺客去骚扰他。最后请了他两次，他还不来。第三次的时候，曹操急了，说如果司马小儿再不来，就关进牢狱。仲达只好前往邺城做官。曹操一眼看出这人不是一般人，曹操问他孤让你来你为什么不来？仲达说，我有病。曹操摸摸他说，你哪里有病。仲达不说话，曹操说你到底真有病还是假有病？仲达说，我是真有病。曹操说你现在为什么好好的？仲达说，时好时坏的。曹操说，你再说自己有病就把你关进监狱。仲达于是不说话。曹操说你现在有病吗？仲达说，现在没病，但是再过几天估计病就来了，时好时坏的。曹操说，少来这套，孤当年装病的时候你还没有生出来。于是曹操把司马懿关了起来，关了几个月之后，曹操把司马懿放出来，问他，你有病吗？仲达说，小人真有病。曹操突然哈哈大笑说，你果然是个人才。

于是曹操把仲达放出来，让他给人做做教化，写写文书。曹操平时有什么事情就问问仲达。曹操对我们说仲达是个奇才，不轻易说话，一说便是一条奇策。现在曹操建立魏国，仲达进了曹操的宫里给曹操做议郎出主意。

我想司马懿果然不容易，到了曹操那里有志之士都必须身经百炼。就像皇叔当年，本来都不打算造反但硬是被逼得反抗。可惜这样一名人才，最终也只得被曹操胁迫。

不久之后，消息传来：马超在汉阳郡集结羌人胡人起兵造反，曹操派长安守将夏侯渊讨伐马超。

而已到年关，皇叔在益州还未打下雒城，我于是加紧在荆州练兵，已做好随时出战益州的准备。我又邀请鲁肃前来荆州，将两家联盟利害重申。鲁肃听说此事，表示如要入蜀支援，吴地也会派智能之士前去。

我对月英道，看来皇叔在益州并不顺利，我须亲自出马。那时益州就归我们了。那成都景色很好，出过司马相如这样的人物。我想我们以后又必须到那里去，那里是蜀国。

月英说，跟着你总要走很多路程的。

我道，那里很远。大军行到那里，每日行走三十里，也须两个月的时间。然而我要去攻城略地，便会更久。

月英说，你已习惯这样的日子了吧?

我说，并不习惯，但是没有办法。我在前线望着士兵血染全身，我心里并不好受。那时我从没杀过人，但自我当军师以后，有些士兵不听将令，他们便被我处死了。虽然他们不是我杀死的，但也是我杀死的。我不杀他们，大军就不像样，在战场上会死得更多。我只希望天下太平。

年关过后，刘皇叔写信说，看来还得军师入川相助。我于是整顿军马，留关羽镇守荆州，领三万军马逆水而上，前往巴蜀之国。孙权也兴冲冲说派人跟随大军前行，我倒乐意接受。我对关羽说，荆州处于水火之地，不可轻举妄动。东面相交东吴，若东吴有求，必要答应。如实在不愿答应，也要委婉拒之。

我领张飞、赵云二将随即入川，而荆州精锐军马大多留在荆州。月英同样留在荆州。

大军溯江西上，益州兵力实在太弱。我领人挑战城关，有的大将带着几千兵马散乱冲来。我等不费吹灰之力，以弱兵相诱，两翼和中军将敌人环环相扣。敌人在包围中兵器都难以举起。

大军行到一个边郡小县，我派人送去战书。当日城门突开，敌将也不言语，突然几千人马组成一个阵形把敌将围在最后面。我略微一看，见敌人兵力集中在中央，命人带五百军马于左侧突起攻击敌将，不理中央。没有一顿饭的功夫，敌将即被活捉。

敌将问我，大人怎识得我的阵法?

我道，你躲于最后，我军人少，你中军必不放在心上，即使放在心上还必须防着我的中军。我使人上去拿你，易如反掌。

敌将说，军师大人真是高明，那么小将应躲于何处?

我说，你那套阵法是想集中优势兵力冲我军阵，但你阵法过于生硬，前后无法呼应。你如让阵法稍稍圆润些，前锋形似箭头，侧翼再稍稍区间开来，如此这套阵法将大大不同，犹如一支浑身长满刺的利箭，我军克你必大大棘手。

敌将极是折服。

大军攻克江州。我让人送信给皇叔，我说，现在敌人知道援兵过来，必定气急，锋芒大增。等敌人锋芒一过，知道边疆又被攻克，定能气衰，此时一鼓作气，城池必破。现在主公无须再折损人马攻城，只须等我消息。

为了防止敌人集结反扑，早日肃清周围城关。我令张飞领一路人马，沿江北攻克巴郡以西，再到成都北门会合。赵云西下攻克犍为县，到成都东南会合。我自领中军，直取成都。

大军在行军途中，突然消息传来。庞军师率军攻雒城时不幸中箭身亡，刘皇叔极其悲痛。全军奋勇为军师报仇，雒城被攻克。

我心中极是惋惜。庞统与我是旧识故交，刘皇叔得到他，胜过百万雄兵。庞统年轻时候，我初次见他，并不觉得他怎么样。但我的老师司马徽十分赏识他，我那时与他共在庞德公家里读书。他渐渐显露才能，他总是知道谁有什么样的本事。有一次我问他，你看我的才略如何。他对我说，还可以。至少你算是善人。

他那时在郡中，总是对别人说谁做了特别好的善事。有时候只有五个人做了一件好事，他非说十个人。我那时十分不屑。我对他说，这样说太过虚假。

他道，当今人心不古，坏人比好人多。我之所以夸大好人的言行，是为了让更多人效仿好人，多做善事。

我一听，心想此公果然不是寻常人。

后来，他在襄阳与我齐名。不久之后，他投奔吴国。我在吴国见到他，问他，你为何也不去投靠曹操。

他说，曹操做人不够检点，将来天下必定不能昌盛。是君子都不会投靠曹操。

不久，鲁肃写信给我，说庞统做人过傲，看不起周瑜，吴侯对此十分生气，将他撤职。

我那时十分高兴，我想皇叔能得此人，真是如虎添翼，再好不过。我那时正在长沙郡，不知道皇叔居然派他做了小县的县令。

而到现在，不过几年光景。他不过三十多岁，实在是令人惋惜。

我于是加紧赶往成都。

大军到成都，我见到了刘皇叔。刘皇叔一提起庞统顿时泪流满面，他让我亲自给庞统的父亲加官晋爵，以示抚慰。

刘皇叔对我说，大军顺利攻克涪城时，我十分高兴，大摆庆功宴。众人都不敢说话，只有士元对我说，来到别人的地盘，杀了别人的人，还这么高兴，不是君子该做的。我当时还十分生气，认为我之所以高兴就像当年武王伐纣一样，是天命所归，于是把他轰走。轰走之后，我立即想了想这么做便是我之不对。于是我又把士元找来。我还问他，刚才是谁的错。他对我说，君臣都有错。我当时想，士元就好像是我的镜子。我有了他，不至于做错事情。现在不到一年，他就去了。

刘皇叔连哭三天，庞统葬于落凤坡，皇叔交代周围县吏好好照应。我想这样的人，实实在在方是英豪。

第四十五言　围成都

诸葛孔明

大军围攻成都。刘皇叔对我介绍说，这是法正法孝直。我能入蜀全靠此人，我在益州孤军奋战，全靠孝直出谋划策，方才不至于大败。

我与法正互相拜会。我闻听了法正的事迹，顿时觉得皇叔又得到了一名奇才。

不久消息传来，马超在关中大败，已经归附汉中张鲁。因为张鲁那里都是祭酒和鬼卒，马超到了张鲁那里做了一名祭酒。张鲁把边关小县给了马超，张鲁也本想把自己的女儿嫁给马超，以此笼络这位关西悍将。但有人随即告诉张鲁说，马超连自己的父亲都不顾，别说妻子了。于是张鲁随即打消主意。马超接连跟张鲁索要兵马准备出战曹操，但张鲁不许。我对皇叔说，马超跟曹操是宿敌，而张鲁犹豫不定。马超必不能在张鲁处久留，我等可写信招降马超。

刘皇叔于是派使者说降马超。

不久，马超率兵赶到。马超一见皇叔，泪流满面，痛斥曹操杀他全家。刘备将马超封为平西将军。

刘璋看到又有援兵到来，彻底绝望，于是开城投降。众军欢呼。刘璋对刘备说，没想到我引狼入室。

刘备对他说，早年在赤壁，我听说你派了五百人帮助曹操搬运粮草。那曹操是什么人公难道不知道？你我都姓刘。你不是为了解救陛下，反而守着益州只顾自己。如果陛下在此，你可想想，陛下是愿意把益州给你还是把益州给我？

刘璋哑口无言。皇叔将刘璋发配到荆州公安。

我看着益州易主的场面，心中颇为慨叹。

攻下成都后，孙权派来的人赶回东吴报喜。

刘备对我说，孔明你今日已经统领兵马，军师职务已经莫大，我也没有封号再能封你。就把中郎将改为将军，你看如何？

我随即加封军师将军，代替皇叔管理左将军大司马府中大小事务。法正则为扬武将军，蜀郡太守。我和法正关羽张飞四人分别受赐黄金五百斤，白银一千斤，线锦不计其数。我将所有赏赐充实军中。

刘备将田宅物资分发给成都将士百姓。

益州新定，事情颇多。刘备对一名叫许靖的大臣十分厌恶，此人在大军围攻成都时，几次要开门投降。刘备说，像这种背主的又没有才能的人，留着没有用处。

我说，这人的弟弟是许劭。当年曾说曹操是治世能臣，乱世枭雄。他虽然没有才能，但是名声在外，天下人都以为他是有才能的人。现在如果不重用此人，天下人都以为皇叔不重视人才，则人才就都不来了。

皇叔于是待其为宾客，重重礼遇。

刘璋手下的大臣黄权黄公衡始终坚守城池，不肯投降。皇叔收复之后，十分礼遇。我同样觉得黄公衡是一位难得的人才。

益州董和董幼宰品德高尚，为官十分清廉，做事持重。我特地跟皇叔索要此人。

我对众人说，我在荆州时，只有徐元直做事毫不犹豫，总是很快做好。虽然这样的人才并不多见，但益州也不乏人才。你们做事要跟董幼宰一样，他做事十分勤勉。有时我交代他的事情，他总是考虑周全，不惜来回问我十余次方才定夺。

不久，关羽差人给我送来一封信，信中问我马超这人才可以和谁比拟？我一看

矜傲的关将军又是心生嫉妒。我自然不能说马超不好,但又必须让关羽高兴。而这种事情,实在是太过简单。

我于是回信告诉关羽,对他说马超是一名人才,文武兼备,不失为一代豪杰,可与英布彭越之流相媲美,能够和益德将军并驾齐驱。但即使这样,也没有关将军的胡须绝伦超群。昔日,我见关羽十分爱惜胡子,于是为他起名号"髯公",关羽为这名号而高兴。

没有多久,使者回来说,关将军在荆州听闻得胜消息十分高兴,整日拿着军师的信给众人观看。我说,我们已得益州,孙权必定要纠缠荆州,且请关将军小心慎重。

此年消息传来,曹操从魏公加封为魏王,设立王宫,待遇已形同皇帝。众人提起曹操纷纷吐口水。

大军攻破成都耗时整整一年,我想月英此时在荆州一定很想我。一日我见到黄权,心中十分敬仰他的品德,我想是否姓黄的都这么好。

建安二十年,东吴屡次索要荆州,关羽当即痛斥。东吴的人又赶到益州向皇叔哭诉。皇叔对他们说,你看我们益州刚刚安定。

东吴的人只好赶回去。

此年曹操开始抓紧攻取汉中,他带领大军从武都到陈仓。张鲁派人写信给刘备说,有意投降益州。我们本以为张鲁会率军前来,但张鲁躲在巴郡西停滞不前。

与此同时,孙权又派人前来益州索要荆州。刘皇叔十分不耐烦,对来人说,等我得了凉州,立即归还荆州。

东吴使者回去后不久,孙权竟派人袭扰长沙、零陵、贵阳三郡。我对皇叔说,东吴贪图我荆州,此时必须及早定夺,否则荆州不稳。

于是皇叔带领五万人马南下荆州,关羽和鲁肃在益阳对峙,两人单刀赴会。

眼看就要与孙权发生争执,但曹操在汉中连战连胜,事情危机。我写信给皇叔说可与东吴调和,把不紧要的三郡割给东吴,以换取南郡。孙权得到了江夏、长沙、桂阳,刘备得到了南郡、武陵、零陵三郡。两家就此讲和。

我正在成都忙碌,听到刘皇叔归还成都。我去郊外迎接,皇叔对我说,孔明你看谁来了?

我向后一看，于众人之中看见月英。

十一月皇叔派人去迎接张鲁，张鲁已经带着全家和他的鬼卒投降了曹操，只剩下张鲁的弟弟还在抵抗。不久，汉中全部被曹操攻下。

汉中被攻下后，我等本以为曹孟德会乘胜南下，我也得知他的谋士司马懿给曹操出主意建议乘胜入蜀。皇叔已做好联络东吴的准备，益州整顿军马准备背水一战。

但曹操夺得汉中后，随即撤军。留下夏侯渊张郃等人守汉中。

张飞在瓦口击退前来讨伐的敌将张郃，刘备回到成都整练兵马准备进军汉中。

我看到益州法律废弛，于是决定制定法律，整顿巴蜀。法正对我说，军师不必要这么劳烦，就像当年高祖约法三章就可以。

我想法正虽能有奇谋，但在治国方略上看得并不清晰。我于是写信告诉他，只看到表面的一条，却并没有看清巴蜀不是当年的暴秦。暴秦严苛，所以高祖皇帝废除法律能够取得民心。而巴蜀却是松懈，要想稳定必须依法治蜀。

刘备于是让我和法正等制定巴蜀律法。

第四十六言 定律法

诸葛孔明

有人对我说，军师你看法正在益州仗着皇叔宠爱，胡作非为。

我说我自会劝阻。但庞统死后，我军没有战前谋士。我总是一人，不能身兼数职。而法正是名奇才，皇叔依赖于他，便只要没甚过分，我自会提醒于他。

次年，东吴传来消息。东吴统帅鲁肃突然病故。我十分悲痛，于是给东吴发哀致意。我想起当年只剩数十骑逃亡的时候遇到这位魁梧大汉，一见如故。我一直以为其是东吴真正的智者，孙权周瑜等人只是图谋小利。若不是有鲁肃东吴和刘皇叔能否有今日也尚未可知。

鲁肃死后，孙权亲自写哀悼之言。孙权大致说，东吴能有今日，鲁子敬功不可没。他一生鞍前马后，没有出过差错。唯一出的差错是劝说我把南郡借给了刘备。但是这个错虽然大，比起他的功劳，还是不值得一提。

我想，鲁肃借给刘备荆州，明明是明智之举，而恰恰被庸人看不到，而且还被指为是诟病。这恰恰是对庸人的讽刺。

巴蜀整顿两年，兵员粮食充足。刘备带领法正前去进取汉中，我则留守成都。一来镇守府中大小事情，二来调兵配粮。

建安二十三年，刘备领军与曹操在汉中开战。而能否夺得汉中不仅仅是将来是否能取得天下，更是在益州能否立足三分天下的根本。整个益州震动，我于是昼夜忙碌。

我对月英道，等过了这些日子就好了。当今能否夺得汉中实是关键，我且不能松懈。

月英在夜晚熬了粥汤。我则在深夜审阅公文，安排事情，还要为汉中之战审视策略。

法正果然很有计谋，他建议皇叔抢占高地，连连逼退敌人。他令黄忠在定军山斩杀夏侯渊。曹操在途中听到皇叔胜利的消息，失望地说，看来刘备得到了高人相助，否则以刘备自己，此等计策断然想不出来。

皇叔仅用数月便夺得汉中，曹操从长安调遣兵马。刘备高兴地说，这次汉中看来必然属于我刘备了。

法正道，曹操不过如此，皇叔这次夺得汉中这是必然。曹操再来，我们守据险要的地方，不与其交锋，时间一长，曹操粮尽，必然兵败。

此年夏天，消息传来。曹操望着汉中连连说鸡肋。

刘皇叔说，曹操说鸡肋是什么意思?

一个大臣说，曹操可是想回邺城吃鸡肋?

不久，曹操退兵。秋天，众下臣子说曹操已经封王了，但他是篡汉。为了让天下英雄知道皇叔这次夺得汉中的意义。皇叔也应该称王。而且这是当年高祖皇帝封王的地方，这也是汉家发迹的地方，在汉中称王不仅让曹操胆寒，更诏告天下，曹操已经对皇叔彻底没有办法。

于是，刘备被众臣拥戴就位汉中王。众人齐呼，大王千岁。

夺得汉中之后，我心中高兴异常。如今虽然还比不上曹操，但至少已经强过东吴。而且曹操此次战败，已不可能统一天下，更不可能再战胜皇叔。汉中之战让刘皇叔声名大噪，天下三分已成定局。假以时日，占据凉州，兼并长安。从关中发兵，

一路顺高地东下许都和邺城，则天下可取。而东吴不过偏居东南，根本无法图谋天下，就像无法图谋益州一样。

汉中胜利后，我觉得离平复天下越来越近。我想着许都的皇上看到兼左将军兼司隶校尉兼大司马兼汉中王的皇叔刘玄德穿着金灿盔甲杀到许都，皇上一脸感激。他看了看皇叔下面的臣子，谦虚地说，朕已经不适合做皇帝了，为了天下百姓，特把皇位让于皇叔。皇叔一再辞让，最终有个伶俐的臣子一脚把皇叔绊倒在皇位上，大喊，皇叔已经就位，这正是天意。众人齐齐跪下，说，陛下万岁。

但不久，荆州使者快马来人说，襄阳连发洪水，关将军趁着汉中大胜已经打算进取襄阳。

刘备于是交代益州边防的孟达刘封等人向荆州靠拢，准备率军支援荆州。

不久，消息传来。关羽已经围困樊城，而此时汉水泛滥，秋季连连大雨。洪水将前来支援樊城曹仁的大将于禁等淹没，关羽派水军擒获三万敌军，于禁被俘。关羽斩了曹仁的大将庞德，接连胜利。各地盗匪都十分尊崇关羽，而关羽在曹营仍不忘大哥的事情早已被广为传颂，各地盗匪的大哥都以关羽的事迹教育自己的小弟要不忘大哥。盗匪们听说关羽起事，于是纷纷派人向关羽传信，表示愿意在曹操那里起事。

一时之间，曹操的樊城内外交困。曹操几次哭着要迁都，但都被属下劝回。

孙权看到刘备占领了汉中，本来已经十分害怕。这时看见关羽在襄阳大胜，更加害怕，于是向关羽提亲。关羽对来使说，我的虎女怎么能配犬子呢？

孙权十分怀恨。

不久之后，曹操的谋士司马懿等联系东吴，让孙权从背后偷袭关羽。

而不久之后，孙权竟派吕蒙偷袭关羽。关羽退回之时，才发现麋芳等人已经降了东吴。走投无路的关羽最终被孙权擒获。孙权让关羽投降，关羽破口大骂，宁死不屈，最终被斩杀。

刘备听说关羽被杀的消息一下子从椅子上站起来，拿起一把佩剑砍在桌子上。

刘备率军到达后，调查关羽为何兵败。

曹操本意是想用孙权逼退关羽水军。关羽这位北方大汉自赤壁之战时在荆州操练了一支所向无敌的水军。即使关羽兵败，水军仍然控制汉水，他用这支水军轻易俘获了于禁的三万人马。曹操派人把孙权写给他准备从后方偷袭关羽的信给关羽，但关羽仍旧轻视东吴。而麋竺麋芳一家是刘备的恩人，麋芳惧怕关羽责骂，投降东吴后麋竺在成都痛哭。我亲自前往探望，见他惭愧之心已无法恢复，对之深感惋惜。

关羽胜得太快，败得也太快。他向孟达刘封等人求助时，徐晃等人已经在樊城击退关羽。刘备领兵赶到荆州，关羽已经被擒杀。

而孙权杀了关羽，自知已经闯下大祸，于是把关羽头颅献给曹操，向曹操称臣，并请曹操称帝。

我在成都得知消息，思虑了半日，着实想不通。这关羽最终败给了无法克服的性格和无知的军事战术。

曹操一生赏识关羽，最终得到他的头颅。他将关羽以诸侯之礼安葬在北方，孙权则将关羽的身躯以诸侯之礼安葬在南方，而成都则给关羽衣冠墓。

关羽死于建安二十年初，他最终没能进入益州。他看不起士人，一生忠勇耿直，爱惜士兵。他死后尸首跨越南北，各地哀悼。刘备暗自怀恨孙权，他狠狠地说，我总要给他看看，我的云长是不能杀的。

而不久之后，法正在成都去世。刘备接连丧失了最好的猛将和谋士。

刘备在悲痛中连哭数日。四月，消息传来，曹操在邺城去世。这位枭雄征战无数，最终天下越来越乱，但是中原安定，曹操也用自己的智略结束了北方战乱。而三分之势已成定局。他没有当上皇帝，但世人都知道他篡夺了汉室。

这位超世的豪杰死后被封为魏武王。他文韬武略，他本来只是常人。他说，我是宦官的子孙，我做我想做的事情。我不爱务正业，许多人都看不起我，但我喜欢读书。我想做有用的事情让别人能瞧得起我，但是别人太不中用了。我的兵马多了起来，我开始想做太守，后来我的兵马又多了起来，我就想做齐桓公。再后来我的争议越来越多，我决定要做周文王。我死之后世人肯定还要说我。我的一辈子就是常人。天下的霸主需要君子，但是君子没有能力成为霸主，于是我做了霸主。这是世人给我的，世人还有什么能对我说的呢？

第四十七言 曹操殁

诸葛孔明

世人选择了曹操，但曹操没有能做得更好，这是世人和曹操的矛盾。有人骂他是奸雄，有人称赞他是英雄，而曹操之所以被奉为英雄，是因为天下既没有君子，又都不肯承认自己只是庸人。

我对成都的臣子说，曹操的失败在于无法修成君子。他有光武皇帝的才略，但没有光武皇帝的为人。这也是为什么即使皇叔这样弱小的势力也要起来反抗，用别人的父母做人质也无法收降别人的原因。

刘备赏赐第一个来报告曹操去世消息的臣子。最终消息得到确定之后，又有消息传来，魏国即将大乱。曹操在边关的儿子准备带兵回去争夺太子之位。但不久之后，他的儿子曹丕顺利当上魏王。而曹丕的老师和主要谋士是司马懿。曹操在临死前对曹丕说，要当心司马懿，他必定会干预你的家事。他死之后，司马懿主持了曹操的葬礼，使得所有心怀不轨的人无法行动。葬礼肃然。

曹操去世之后，魏王曹丕继承魏国。孙权与曹丕交好，刘备连连痛骂，而孙夫人早在刘备占领益州时被孙权派人暗中接回。

此年年关，消息传来，震动朝野。魏王曹丕悍然逼退天子，自立为皇帝。皇帝刘协被谥号为献帝。曹丕定都洛阳，改许都为许昌。

天子被杀的消息不断传来。有的说曹丕的大将一剑刺死了皇上。皇上当时正在吃饭，而可怜的天子饭还没吃饱便被逼上黄泉之路。有的说是曹丕给陛下一块白布，让陛下自己了断。而无论如何实在太过残忍。一位皇帝，自从登基以来不断被权臣凌辱。最后，消息被证实，因为汉中边界的魏国守将前往京都给天子发丧。

群臣对刘备说，当今天子已死，大汉已经没有了主心骨，只有皇叔作为汉室宗亲能抵抗魏贼。今特劝大王为了大汉四百年基业，为了天下苍生承就大位，称皇帝。

刘备连连推辞。他说，我弟云长刚死，我还没有报仇，天子也尸骨未寒，我怎么能在此大悲之时，便就位称皇帝呢？

我道，当年光武皇帝被他的臣子劝进，他连连不答应。他的臣子说，如果您不答应，他们只好回去找自己的主人。当今汉室被篡，没有真正的君主。大王在此时进位，正是四海英雄的期盼。而大王如果再不肯，恐怕人心动摇。这些跟随大王的人得不到功业，只好回去。

有臣子立即装作要走的样子流着泪说，大王，您不继位，臣下也无法在这里待下去了，臣下家里还有几亩地。

说着此人立即要走，刘备连忙喊道，爱卿别走，是我糊涂。

于是刘备在成都称帝，为了延续大汉，国号仍为汉，年号为章武。我则为丞相，张飞为司隶校尉，大封群臣。

我被封为丞相以后，有人便对刘备非议说，你看这个诸葛亮城府能力颇为高明。但您封其为丞相，实是大不应该。您想想为什么后汉不再设立丞相，为什么曹操是丞相？这丞相位置在百官之上，势必影响帝位。曹操之所以封自己为丞相，是方便自己篡夺朝政。您封他为司徒司空太师太傅都行，封丞相，这有些……

刘备说，朕能有今日，全仗孔明。孔明自小愿望便是当管仲一样的人物。朕虽然不是齐桓公，但孔明却胜过管仲。朕封其为丞相并不觉得有过，反而有愧。

于是，曹操死后，我成为当世第二名丞相。而曹操是逼迫朝廷自封，我则被朝廷

心甘情愿分封。

我对月英说，你看我和曹操多么相似，而我要做与他不同的丞相。这个世界上能指责曹操的人只有像我这样的君子。世人渴求君子，但他们个个都无法做到。因此这天下怨不得曹操，相反他们应当感激曹操，这曹操只是普通的人，能够称得上英雄，那实在是因为英雄太少。

月英说，你终于圆梦了，当上了丞相。

我说，是啊，物是人非，我便成了丞相。我还记得我们初次见面，那时我想，我要有你这样的女子。老天对我不错，把你给了我。但我爱这天下厉害。刘皇叔那时本没有势力，曹操有百万大军，但是我却并不怕。我还记得我和皇叔只剩下几个人几匹马被曹操追着。那时，我在马上，我只是觉得有愧于你。后来，我还是爱这天下厉害。我整日做事，想我遇到了明君并不容易，虽然势单力薄但我丝毫不怨。我一点一滴地做，我不休息。我看到了太多人，看到了太多的杀戮和血腥。我于是在这些人身上踩着过去，有了今日。这蜀地的人都很可爱，我非常喜爱可爱这个词。我要好好对这些百姓，就像我的先祖一样。

月英说，你总是如此，你并不亏欠于我。如果没有你的话，我不知道自己在哪里，现在在做着什么。也许很平淡，也许像那些死去的人一样。我也会死的，每个人都要死的。曹操风光了一辈子，他也死了。你说他死的时候会想些什么？你是这个世界上平凡的一个人，但我觉得你又很不同。你知道人该做些什么，就像你爱这天下，天下也不会辜负你的。

我将月英的话默默记在心里。我想她不如班婕妤那样可以在史书上名留青史。那些可爱而可怜的女子总是有惨淡的不如意，她们在不如意里发泄自己的情绪，最终被世人知晓。但在我的一生里，眼前这个女子早已是灵魂深处无法短缺的温暖。她藏在我的身体和心扉里，无处不在。

刘备称帝之后，马良出使东吴。马良认为自己资历不够，于是让我代写信笺。我对他说，你文采很好，你可自己撰写。我只须附上自己的名字帮公引荐。

同年，刘备纠集兵马，准备伐吴。我屡劝不听。而赵云对他说，当今曹操已死，曹丕篡位，人们都愤恨曹魏，如今可出兵占领凉州和关中。若与吴国开战，战胜不易。即使战胜也不能削弱曹魏，反而让曹魏坐收渔翁之利。

赵云一身是胆，他多次只用几十骑抵抗曹操，他总是不惜自己舍身相救自己的部下，他有很多次给曹操设立计策，军中都称呼他为虎威将军。刘备能有今日，赵子龙总是功不可没。昔日在江夏，关羽和张飞都十分骄傲，我唯一能调遣的大将便是赵云。我所交代的事情他总是能做好。当年打下汉中需要大将镇守，军中都以为不是张飞就是赵云，而皇叔最后选择了魏延。

他对魏延说，这次镇守汉中如果打不过曹操呢，你怎么办?

魏延豪气地说，打得过。

皇叔说，曹操来了你准备如何应对?

魏延说，曹操如然来十万人马，小将便一口吞掉他。曹操如果倾全国之力，小将拼死也要把他挡在关外。

刘备十分满意，他封魏延为南郑侯。但他总是离不开赵子龙，赵子龙也不会像魏延一样夸口侃谈。赵云也不会得到如张飞关羽那样的封赏，因为他总是无须让自己的主公担心需要以利相诱。他的忠义和胆识不输关羽，他的智略更胜关羽。但正因为他品德实在太好，我和皇叔总是把他留在身边，任意调遣。

但刘备听不进赵云的劝告，他将赵云调遣出去。以他的为人，他也不会带着并不情愿的赵云出去征战。

不久，我在成都得知噩耗，张飞被部将杀死。刘备听说张飞部下有急事相告，他好似心中感应。张飞一生征战无数，他没有被敌人杀死，却只是败给了自己。刘备一直劝他，要懂得爱惜部下，但他没有做到，他于是死在了自己的错误之下。

蜀地又丧失了一位猛将。我派人跟刘备说，大将未出征便死，正是不吉之兆。

但刘备仍不听劝。不久之后，东吴恐惧派来使者讲和，而孙权居然派遣我的兄长前来。

第四十八言 夷陵役

诸葛孔明

我们在成都见面，我无法和他谈及私事，我总是心性多感的人。大哥带来两封信，但他即使碍着我的面子也无法劝阻刘备。

于是，章武元年，刘备倾全国之力去奔赴这次战胜不易、胜了无益的战争。

我在成都，束手无策。很久并不吟唱的我特地作了一首词，唱起《梁父吟》。我笑笑说，没想到我小时便过早熟。那时青春年华，我却尤喜欢故作悲凉哀叹。

我想起徐庶，不知道他升官没有，他结交了新的朋友没有，我想起在襄阳和南阳的一草一木，那时天下大乱，我热血澎湃，但心中却从没紊乱。

我在成都处理政务，我笑笑说，我虽为臣子，但干的却是皇帝的活。当年刘备入益州，我在荆州镇守，因为荆州除了我别人无法镇守。刘备攻打汉中，我在成都镇守，因为成都除了我别人无法处理改朝换代的事务，无法调遣足够的军粮和兵员。而这次刘备前往攻打东吴，我只是希望他索取荆州则罢，给东吴亮亮威风则罢。

不久之后，我得知东吴派出的将领是名不见经传的年轻将领陆逊，此人只比我小了两岁。刘备轻视说，东吴难道没人了吗，派出一个娃娃。

我想年龄素来不是看人的标准。人生一世路程，年龄只是长度，而悟性方是宽度。

刘备倾尽全国之力调遣十余万兵马，汉军在前线一路大胜。

刘备率军一路到达夷陵，十余万大军聚集在夷陵周围百十里地的山地。而吴军连连撤退，最终在夷陵要地坚守不出。直到六月，两军仍然对峙，刘备接连派人到吴营挑战辱骂，但陆逊仍然坚守不出。刘备率人到山后埋伏一万人马，派人到前线引诱，但此计实在太过幼稚，轻易被吴军识破。刘备没有办法，派人袭击孙权的侄子孙恒，以求逼迫陆逊出兵决战，但此计仍旧未能成功。刘备已开始心慌，他说，陆逊也不去救孙恒，不是大智便是大愚。

天气炎热，在水面停滞无法向前的水师军心动摇。刘备只好让这些水师抛弃船只，躲于林中避热。

我听说刘备在前线连营百里，不禁想到曹操在赤壁连锁战船。而统帅之所以这样用兵，是因为着实不通兵事。连营无非仗着人多势众，以人海防守。而就像周瑜对曹操那样，以火势扰乱敌人军心，此时人海的优势则是毙命的劣势。

我得知消息后，使人快马加鞭。但不久使者回来说，陛下已经大胜，陛下说陆逊小娃，无什么本事。陛下令丞相抓紧调遣军粮。

不久，刘备在前线惨败，陆逊果然在林中放火。陆逊找到刘备的大营，全力攻击。刘备的百里连营变成了一条臃肿的长蛇，处处慌乱。刘备的营寨不断被击破，陆逊包抄后路。刘备在众将的拼死突围下逃到马鞍山。魏帝曹丕得知战况后说，我道这刘备有多英武，没想到他居然不会打仗啊。

但刘备已经气急，他不愿看到自己的一世英明就此毁于一旦，于是在马鞍山集结残兵，仍旧准备决死。

最终，士气兵力都少于吴军的汉军在前线败得惨不忍睹。大将们接连返回去替刘备挡住追兵，但去了的都没再回来。刘备带去的蜀中将领死去多半，蜀中俊杰黄权见已无法返回蜀地，便向北投降了曹魏。

刘备回到白帝城，便在那里停滞不前。我在成都得知大军惨败，马良也因为此次战败被杀，我敬仰的黄公衡也被逼降曹。富庶的蜀国因为此次大败瞬间满目疮痍，百姓因为丧失子弟哀号遍野。我说，如果法正还活着，他可以像自己在前线拼死劝谏那样，劝住刘备。纵然劝不住，也绝不至于败成这样。

我在成都凭空增加了太多事情，每日忙碌。这仗意味着再也无法索取荆州，而现在的大汉也只是守住满目疮痍的蜀国和汉中，已经成为三国中最弱的国家。

我对月英说，他在白帝城，无颜回来，他可能知道自己做错了，胜败就是转眼。

月英说，那怎么办？

我说，关羽和张飞的死都是可以避免的。我以前经常对他们说，你看你们有些做法不对可否改正。他们一开始对我说，这没有什么。后来我在军中威信增加，我又对他们说，你看你们有些做法真的不对，可不可以改正。他们笑着说，可以可以，但他们从未改正。所以关羽会让自己人也背叛他，张飞死在了自己人的手里。陛下也是。他听劝的时候，有很多臣子都可以给他很多的建议。然而他并不听劝，还罢黜了忠心耿耿的赵子龙。

月英说，他们都无法料到这样。世事无常，可也不全是无常。有些完全是人为的，你是那样做的，最终就会有那样的结果。

我苦笑了一下说，我不如意的时候，你总会这样瞬间让我开解。我想以后我自己一直会坚持，那里面也有你的功劳。在我们死后，你或许不为人知，但你总是存在的。你活在了我的心里。因为我从不会像汉成帝那样犯错，你便不会像班婕妤那样被世人知晓。你看我总是会考虑以后，其实我对死后或者将来并不在乎，我更在乎的是活着。我觉得自己活着有你，不管他们死了败了我总是不会过多仇怨。

月英说，你只这样说的。

我说，你知道蜀国吗？我们现在所在的地方就是古蜀国。武王伐纣的时候，蜀人曾派兵相助。那时候，秦国就是汉中北边的国家。他们想要统一中原，灭掉六国。他们就先把蜀国占领，蜀国就成为了秦国的粮仓。后来秦国之所以灭掉六国，是因为有蜀人的粮食。我们的国号是汉，但是世人都只叫我们蜀国，或者是蜀汉。蜀字蜀字，这个蜀字将成为我人生中最重要的一个字。它也是多么可爱，多么美好的一个字。我想要倾尽自己一生努力，对这蜀国的人和一切好，就像我对你一样。

刘备夷陵之战大败后，蜀国成为最弱的国家。孙权一看刘备留在白帝城，怕两弱相残北方得利，没有返回成都，便派人假惺惺去求和。我也得知我的兄长在吴国做了大将军，地位仅次于陆逊。我的近亲诸葛诞也在魏国做了高官。一时之间，天下盛传，当今天下分为三国，而诸葛氏得宠。蜀国得到了诸葛家族的龙，吴国得到了诸葛家的虎，魏国得到了诸葛家的狗。我想，如果我不在蜀国做丞相，撑起这个贫弱的国家，恐怕天下人并不会这么说。

刘备将白帝城改名为永安，就像他把孱陵改名为公安一样。他已经六十多了，他在那里染病不起。好不容易在汉中大胜，他的死敌曹操也已亡，但他的错误让他耗尽元气，从此再不能恢复。

章武三年春天，春光晴冷。永安宫发来诏令，传诏令的人流着泪说，丞相，陛下快不行了。

我赶到白帝城。走进宫殿，尽管宫殿堂皇，但我觉得此处死气沉沉。

刘备躺在榻上，形容枯槁。在这春天里，他像寒冬即将埋葬的枯枝。

他说，孔明你来了。

我仍旧看到他的惭愧，他完全没了平时的锐气，只是一名值得同情的老者。

他用尽全力断断续续地说了这许多话：孔明，我这次再也无法复原，我就要死了。还有一个国家。我能走到今天，在这春天的宫殿里，没感觉到冷。这些都是因为你们，尤其是你。

我过去一直南征北战，有许多人仰慕我。我想起自己卖草鞋的时候。但我一直打败仗，但没办法，曹操不能容我，我就要反抗他。我的兵力弱小，招不到人才，你没嫌弃过我。你跟了我以后，你告诉我怎么做。我那时才知道，我过去为什么输，有了你之后为什么不输，其实差别只是一点，你能让我不犯错。所有人都是这样，如果自己不犯错，别人再有本事，也没有办法。

曹操过去一直胜利，他在赤壁兵马最多，他也还是输了。我过去兵马少的时候，二弟三弟跟在身边，兵马多的时候，二弟就单独去带领。我不能离开他们。但我自从有了你，你告诉我要先有根据之地，然后告诉我取天下。我那时想能有立足的地方让我过活就很不错了。但是后来我们首先强过了一直欺压我们的吴国，最后，我竟然打败了从没打胜过的曹操。我好像看到天下的希望了，但是我的二弟三弟先后都死了。我想不通，为何兵马少的时候他们跟着我，兵马多了他们却死了。他们死了我很是心痛。我那时信任法正，他的品德没有你好，你是完美的人。但是你一人无法做太多事情，他又很机灵，我留着他用。庞统和他们死的时候我很难过。他们是我的谋主，但你是我的股肱。他们死了我可以痛哭几日，如果你不在了便没有了这个国家，我不知自己会怎样。你一个人不要如此劳累，你是这个国家的支柱，许多人还要靠你撑着，就像我在这里住着也是你撑着。有个叫马谡的，言过其实，我看你和他走得亲近，如果是要留着大用还请你多多思虑。你还没有儿子，我的阿斗，他便是你的干儿子，你便是他义父。我这年纪，可做你父亲。但我敬重于你，仰仗于你，你也知道。阿斗他，既是我儿，也便是你儿。

他还算诚实，他虽然没什么本事，但他还不敢作乱，他还算仁义。如果他做了什么坏事，这国家的大权都是你的，你要惩戒他。我死之后，这国家需要新的皇帝，你看他还能辅佐，就辅佐他。你的才能是那魏贼曹丕的十倍，你必能吞魏灭吴，光复我汉。如果阿斗无法辅佐，你便自立为帝吧。

我想起他的过往，想他一生十分不易。他只是一个卖草鞋的，自始至终懂得君主仁义的重要。他在征伐中始终无法忘记百姓，这也是为什么他可以得到如关羽赵云这样的忠义之士。

我垂泪道，陛下万勿如此言道，臣怎敢不竭尽全力辅佐朝廷，便是鞠躬尽瘁，死而后已，也要匡扶我汉。

第四十九言 三位帝

诸葛孔明

两天后，刘备死去，是非成败对他转眼成空。他戎马一生，小心谨慎地做着一切，终于避过了危难，成就了半壁帝业，但却在暗淡中苟延死去。

刘备死后谥号为昭烈皇帝，庙号汉烈祖。烈是指他正直的品德。我想起死去的甘夫人，这位和光武帝皇后阴丽华品貌相同的美人却没有阴丽华那样的风光。我便亲自提议将其封为正统皇后，谥号为昭烈皇后，与光烈皇后阴丽华只一字之差。

刘备死后，刘禅即位。我从小看着他长大，他正如刘备所说，还算懂得仁义。他懂事的时候刘备已经占据荆州，衣食无忧，刘备忙碌，旁人对他都十分宠溺。但他还算懂事。

刘禅继位后，我以为汉献帝建安的年号已经叫了很久。那时人们期盼安定，虽然献帝被证实后来并没有被曹丕杀害，但我知道百姓需要的不只是安定，他们要的是兴盛。由此刘禅年号改为建兴。

建兴元年，我被朝廷册封为武乡侯。不久，总领益州牧，

政事无论大小皆决于我。而自秦朝以来,国家政事无论大小皆决于皇帝,但这皇帝仅后宫就有数千女子,如何分心去管政事,无怪乎这天下合久必分。而自古出乱子无不例外都是皇帝惹的祸,且皇帝无人敢管。丞相则不同,如丞相犯错,皇帝则可撤他的职。皇帝看着丞相,丞相管着政事,我无法想象出比这更好的朝制。

刘备死后,蜀国南中叛乱。我想,此时再也不能与吴国交战。没有灭曹魏之前,吴蜀无论如何不能交战,这是明摆着的道理。周瑜看不到,孙权看不到,刘备也看不到,而这些人还妄称着英豪的美名。

我派人去与孙权修好。蜀国的人说,孙权与我们有不共戴天之仇,丞相为何这样?

我说,此人看似左右逢源,但见缝插针,生怕自己利益有损,我比你们更痛恨此子,他实为篡逆之汉贼。但现在之所以与他盟约,因为有曹魏之大敌。这样等我们伐魏,不必担心东土的扰乱。

我派李严给叛军首领雍闿写信,告诉他反叛朝廷实为大罪。他回了一封信说,当今天下都说自己是朝廷,可是皇帝就有三个,多得让我感到恐惧,不知道该归属哪个。

我便令人为平叛做好准备。刘备新丧,民心不可扰乱。

刘备死后,各地劝降书纷纷掷来。我打开看,上面的意思是,现在刘备已经死了,我等得知诸葛丞相总领蜀国,但是刘备夷陵大败,我等都知蜀国已不行。知道丞相喜好领兵,我邦有西凉勇士十万可供丞相带领。另一封投降书上写着,你们蜀国看似是天府之国,但实则山高路远,远不如中原,丞相如要投降,一定要从小人这里投降,我这里投降更可靠,赏赐更丰厚,丞相如来投降,一定能封太傅职位。我想这人要准备以我的投降换来他的全家富裕。

我统领大军前去平复南中地区的叛乱。我和月英仍然没有孩子。我看马谡越来越顺眼,他极像我在隆中时的样子。

我问马谡,我这次讨伐叛贼你可有兵略建议?

马谡说,兵者,攻心为上,以不战而屈人之兵是为大胜。

我笑笑说,你说的正合我意。我自然是一去便要让他们永久臣服。

大军到达前线。雍闿已被自己人杀死,他笼络的部族首领孟获统领了他的兵马。孟获是地方步卒。自古以来汉人难于战胜这些异族，他们依山傍水，极为巧活。这些部族比骑在马上的北狄更难对付，因为汉人无法找到他们的踪迹。胜这些人则必以利相诱，速战速决。

大军斩杀叛军首领高定后，渡过泸水，以伏兵生擒孟获。

我带他到军营观看，本以为肃整的军营可以让这位南蛮首领折服。孟获看了看说，前日不知道你军虚实，上了你的圈套。若是回去，不会再败。

我便将其放回。蛮人果然贪战，而我想只要尔战则尔必输，怕就怕尔等匿于深洞高寨之中。孟获回去整顿兵马，与我军作战。

我军犹如猛虎，且军阵严密，协调有致，蛮人无法施展。孟获被两个力大无穷的军司马生生擒住。

我召集当地土著，问他们为何造反。

这些人说，听说朝廷要欺压我们。

我说，你们只是听信谣言蛊惑，朝廷自会恩义待你等。

最后我将孟获放回，差官兵整顿吏治。我让人分封这些当地首领的子弟做官。我告诉这些人，当今已经是新朝廷，所以与古来都有不同。朝廷不在这里设置官吏，我大军走后，更不会屯兵镇守。你们只需看好自己的家，善待族民，若有危难，朝廷只会解救你们。

自此之后，南中便不再如两汉那样委派官吏，屯兵镇守。我则让蛮人自己镇守自己的家。而汉人不欺压他们，蛮人实则从不想谋反作乱。

如此一来，南中地区百姓欢呼，他们从未遇到过如此政策。我走后对孟获说，你儿子已在此地做大官。你若想来成都看我，我必在家中设宴。你若来成都，那里繁华，你定没有看过。我会跟朝廷说，你安定朝廷有功，你必在成都做大官，而成都你想来则来，想返则返。

孟获十分感激，到处跟人说他是怎么败给诸葛丞相的。

我听了之后心想，这些人都极是可爱，你真心待之，他们便是连打败了也很高兴。

孟获到处跟人说，诸葛丞相如何擅长用兵，我如何厉害，但还是打他不行，最后我惨败了。

有人便将孟获惨败的事迹编成故事。

我大军准备回成都，孟获惨败的次数已经被编撰到了七次。而那个人给孟获一看，孟获还十分满意，连连夸他故事生动，七次真是顺口，只是地点不要老在一个地方，丞相如此天威，你就写我跑到这个地方丞相把我抓住了，我又跑到了两百里外的地方，丞相还把我抓住了。最后注意一下丞相对我说的话，和我的表情，要更生动一些。

大军春天前去，秋天就返回，实是神速。百官在郊外迎接，我在马车中看见一个臣子的侧影，问旁边的人，那是何人？

旁边的人回答说，是费祎文伟。我道，正是文伟公，可上来与我同坐？

我想蜀中亟需人才，而蜀国弱小，人心难居，不能如曹操那样，是人都用。国家所需的人才，品行和才识都达者，我必定要让其居于高位。

不久，我看见朝堂奢华，我便当众让人撤去。我对刘禅说，朝堂上用的都是取自百姓，百姓十分不易，如此奢华浪费民财，以后务须令行禁止。

刘禅说，相父所言极是，以前是寡人之错。

有人对刘禅说，您看诸葛权势过大，您是否防着一些？

刘禅说，政事由相父，祭祀则为寡人。

我得知后十分满意。我想，我虽懂得忠义，但我更知晓道理。我将不会像任何一个心地善良的臣子一样，迁就任何世俗而无意义的愚忠。

我对月英说，我们只剩蜀国，取天下不易，当今的世道十分罕见。那时韩信暗度陈仓，是因为韩信对手太弱，而且民心未附。当今曹魏已经统一中原，就像高祖皇帝已经定都长安一样。曹魏并不昏庸，百姓并不想打仗。东吴的孙权也是这样。而我们虽弱，但你知道有我。所以当今的天下就也罕见，同时有三个争雄的国家。

我对月英道，成都十分繁华，街上不乏穿着锦绣的姑娘。但我虽是一国之主，却从没让你穿过锦衣绣服。

月英道，那些又不能怎样。我不懂这国家，只是我们还未有后嗣。你看似不在乎，但我知道你却是会在意。

我道，有些东西只道是命里注定，有或无都只是命缘，你不必在意。

第五十言 蜀茶树

诸葛孔明

我和月英都十分喜欢蜀绣。蜀绣柔和光亮，触感细腻。而这些东西为百姓换作金资。我于是召来管理蜀绣的官吏，派人提升蜀绣编织的品质。不久，蜀绣销往其他两国。魏国曹丕公开在朝堂表扬蜀绣，我得知曹丕十分喜欢后，心中不禁对他大生好感。吴国孙权更是抛弃江南织锦，每逢两国互相礼遇，我总是送去蜀绣。蜀绣首次盖过吴国江南的锦缎，成为天下最负盛名的刺绣。我让家人种了桑树，月英便如普通妇女一样在家中刺绣。蜀绣不仅让百姓富裕，更让国库充实，换取军马物资。我高兴地写道：今决敌之资，唯仰锦耳。

蜀中温暖潮湿，不乏茶树，但蛮人不懂种植，于是我令人让种茶的人帮助普及茶叶。由此茶叶兴盛，南中不断有好茶问世。

川地井盐由来已久，我便大力扶植井盐，亲自去井上煮盐，而务农则为国家之本。我派千人守护都江堰，在各地兴修水利。我则在秋天亲自到田间耕地。

我在田中耕地，百官对围观的百姓讲解说，你们要好好种地，丞相希望你们要吃饱。不瞒你们说，丞相过去也是地里一把好手。大家都知道丞相是荆州人，是先帝在荆州时请出来的。当时先帝请了三次，诸葛丞相才来，你们知为何？那是因为丞相顾虑自己家里有地，丞相说他要走了家里无人种地，由此丞相犹豫。

仅仅两年，巴蜀各地农业、商业、手工业百业兴盛，于是仓库丰盈，蜀中开始富足。我盘算着再过几年蜀中的物资即使不向百姓索取，也足够国家使用。

不久，我回到家中。家中忽然多了一位陌生女子，女子丰韵颇有姿仪。我问她道，你是何人，怎么会到此，有何事情？

那女子说，孙大人说要民女给丞相做妾。

我道，哪位孙大人？

那女子将孙大人的姓名通告，我并不熟识。于是派人调查，才得知是巴郡一名小吏。

此人正在成都，我派人将他召来。小吏说，丞相为国操劳，小人得知丞相只有一名正室，至今没有虎子，小人特地为丞相找了自家一名亲戚，长得俊美，且身形端正。小人觉得此女能让丞相心愿得成，期望丞相为了国家，早日诞下公子。

我正要责问，才忽然发觉到了家中还没有发现月英。于是进去室中寻找，并不见她。我派家人去找寻，也没有发现。我突然觉得胸中一震，走了几步，还看见小吏躬身站在一侧，于是对他说，你领女子回去，此事若有下次，便定不饶恕。

于是我急匆匆走出门外，几名随从纷纷找寻丞相夫人。到了街上，家人和随从都询问路人。众人听得丞相夫人丢了，都纷纷找寻，一时满大街都是找寻的人影。

最终有了消息，一个人告诉我前面的坡上有一妇人。我心想那定是月英，我便令随从停下，自己踏过溪涧，来到了坡上。果然是月英的衣饰，月英在坡上孤零零站着，衣饰在风中飘起，我突然觉得她有些瘦弱。

我越走越慢，本来心中很急，但走到了跟前，却并不知道要说些什么。

我道，你在这里作何？

月英道，便来这里看看风景，仔细看一看，这里的确很美啊。

我听了放下心来。

我道，成都的确很美，它是天下最美的城市之一。

我站在坡上看着风景。

月英突然道，今天家里来了外人，说要给你做妾。

我道，你是为这事出来的吧。我以前说过，我只与你相守一生，便容不得他人的。

月英说，虽是，但有些话说着说着就过去了，便像这日子。

我道，你不必烦忧，我不会容得他人。

我上前一步道，我已让那女子走了。你快跟我回吧。

月英并未动身，只是稍稍移了一下。突然她说，我在这里想到过去。想这一生已经很多年了，但就像转眼一瞬间。

我不知该说什么。

月英继续道，没想到会遇见你。年轻的时候想着自己以后该如何呢？那时心里便没答案。但自从遇见了你，时光就这样过去了，没有什么波澜，但我总是知道你便是我不能少的人。也许有一天你没了，我便也会没了。就像我会没了，眼前的景色也都会没了。

我道，你不必如此想，你便要心宽，总是不会离你而去的。也许有时我并不知晓你心中想些什么，但我知道，我无法没有你，如同你说的无法没我一样。

月英缄默了一会儿道，不知我们为什么一直说着这些。

我看着底下的景色说，因为我们都是有心的人。你说我不同，其实我并无不同。我也觉着你不同。我有时觉得对不住你，我本可以让你穿漂亮衣服，过富足日子。我本可以不要那么忙碌，多与你在一起，但我并未做到。

月英说，你还有你的天下。

不久之后，我给大哥写信，希望要诸葛乔过继于我，这样我已有子，别人便不好再说什么。大哥欣然答应，不久便让诸葛乔归来蜀国。

我对他说，父亲虽是丞相，但不能让你享有富贵。大丈夫重在才学和志向，你可谨记。

又过了几年，蜀国更加丰饶，我便给百姓减免赋税，不断督促官吏勤于廉政。蜀国吏治清明，治国便和我当初治军一样，有功便赏。我则勤于政事，官吏们纷纷效仿，同样个个勤于政事。因为他们违反了法制便会惩处，做出了功绩便会封赏。无论是谁，皆公正严明。

尚书令李严同是托孤大臣。他在蜀中大修家苑，大肆奢华。我觉得他是个人才，于是写信告诫他，我曾经受到朝廷百万赏赐，但至今家中没有多余财帛，我的女人没有多余的衣服。

百官勤于政事，而长水校尉廖立则嫌自己官阶低，整日批评先帝及关羽。我对他说，当今国家富足，百官勤勉。若只是一味批判，你便难堪大任。

廖立仍旧不听，公开在朝堂臧否群臣。

我于是给朝廷上表，告诉朝廷廖立公开谈论国家不任贤达而只任俗吏，就像明明朝廷兵众简练，部伍分明，但仍有人举着自己那头颅往屋中一站，装腔作势说，这算什么。

此类人实在太多。但廖立担负要职，不思进取，便如羊之乱群，实有大害而无一利。

不久，朝廷将廖立废为庶人。

建兴四年秋天，我正在相府处理政事，忽然有人禀告说，丞相夫人有喜了。我便恍若隔世般说不出话来。

我到室中一看，月英躺在床上，疲劳中仍然十分欣喜。

当晚我对月英道，你看这便是命，命里要有，终须会有。我猜这定是儿子。

月英道，是啊。不过诸葛乔怎么办?

我道，他从吴国老远来到这里，且是不易，我的爵位仍旧世袭给他。咱们的儿子无须爵位，他定会是蜀汉的栋梁。

第二年春，月英顺利诞下婴儿，我为儿子取名瞻，及早取字思远，取高瞻远瞩、思虑高远之意。

而国家富足，敌人同样在壮大，自古偏安没有能使国家长久的。而我也得知魏国曹丕新亡，他将后事托付给司马懿等人。我觉得这实在是战胜曹魏的机遇。于是思虑良久，决定到汉中整顿兵马，出师北伐。

我连夜献上了《出师表》，言明为何出师并交代朝廷宫中府中之事，并对刘禅言亲贤臣、远小人，这便是先汉兴隆之基，而亲小人、远贤臣，这便是后汉致亡之因。从我草庐出山，已经二十余年。二十余年百转千回，不胜感念。我对朝廷说完之后，便不知道能再说些什么。

第二日刘禅对我说，丞相劳烦，何必再添劳累去征伐？

我说，兵伐都是大忌，而益州弱小，如果只知安定收成，不知能撑到几代人。当今国家稍显富足，若不练兵以图自强，更待何时？

我到了汉中，李严竟给我写信劝说我在汉中称王，加封九锡，效仿当年曹操。我想此子果真不顾国家得失。我回信对他说，如果将来光复中原，皇帝迁于旧都，那时诸子并行得高升，何必九锡，十命又能如何？

不久，原来因为关羽之败而投降曹魏的旧蜀大臣孟达写密信有意复降蜀汉，我得知十分高兴，而李严也给孟达写信，让他早日归降。我得知李严给孟达写信十分高兴，我在心里说你能如此就好，我顿时对他的气全消。我总是这样，只要你有一分之好，我便以十分之好对之。我也高兴地给孟达写信，告诉他现在蜀汉由我和李严掌权，而李严这人也甚为不错，有我二人辅汉，你可放心来降。但孟达迟疑不决。我知道这人没有智略，难堪大任，犹豫不决迟早出事，于是便把他要降的消息透露给魏国，以断其犹豫之念。

孟达于是准备加紧起事。不久他写信给我说，司马懿还不知道他准备投降，还准备给他加官。

我一看此人将要临危难，于是催促他赶快投降。但直到他死的时候，他送的信还在途中，他信中写，司马懿离我远，他到不了我这儿。

而司马懿就如神兵天降，他用信稳住孟达。连夜从洛阳发兵，只用八天就到达了上庸城。司马懿兵分八路，十六天就攻破了城池，孟达被当场斩获。

我想，孟达死的时候一定非常惊恐。我看到他快马加鞭给我的信，信中还有理有据地写着，宛城到洛阳八百里，到我孟达这里一千二百里，司马懿知道我要起事，必定要上表天子，如此一来，已经消耗去了一个月，他来我这里的时候，我这里已经布置了险地，司马懿必定不敢来。司马懿不来则是派人来，他派人来我就没有忧

虑了。

我只看到前面的第一行就知道孟达要死了。

我要伐魏从不能依靠别人。

不久，我在汉中整顿好军马和粮草。

我到汉中一年，军马粮草筹备齐全。次年春天，大军在汉中准备北伐。魏延对我说，丞相可给小将一万人马，小将从子午谷攻破长安潼关，丞相自带人马从雍州到潼关会合。如此一来，大军居高临下，魏国毫无准备，大军必破。

我想，此计实在太过凶险。深入敌境，便没有退路。而魏国毕竟良士众多，军马又远多于我军，如果在一处相持不下，则我军长途跋涉，必全军覆没。而即使以少数战胜魏国多数，损失也必定惨重。魏国如果集结反扑，我军也必败。况且大军远去，蜀中空虚，孙权又是虚与委蛇，实在谬处多于益处。

我对他说，你道是欺魏国无人乎？

魏延道，丞相如此胆小，必不能成就大事。

长史杨仪说，丞相当年面对百万曹军，毅然出山辅助先帝，何曾怕过？

我无意听这些纷争，我只知道国家进退必定慎重。

我令赵云等从斜谷出疑兵，以吸引魏国分兵，我则亲率主力出祁山。魏军毫无准备，他们听说蜀国丞相诸葛亮亲自带兵，一时慌乱。有人问，以前只知道刘备，没有听说过诸葛亮。有人答，刘备根本不会带兵，当年被打得四处乱窜。后来这刘备逃到荆州，发现了诸葛亮，请了三次，诸葛亮方才愿意帮忙，从此武帝带领百万将士都没抓住刘备。诸葛亮便是刘备的军师。刘备一走，诸葛亮便负责镇守，从没出过差错。听说早年诸葛亮是干军师将军出身的，听这名字，既是文职，又是武官，既是军师，又是将军。我们魏国从没这样的人才。刘备在世时，这诸葛亮便是他的丞相。不像咱们武帝，都知道是自己封的自己。诸葛亮是刘备亲自封的，也不怕丞相这官职敏感，心甘情愿。后来刘备不听这人劝阻，硬是要去东吴为关羽报仇，当时诸葛亮对他说，不能打，一打准败。果然就败了。听说这诸葛亮早年在荆州的时候，刘备兵马不足五千，住的地方都没有。这诸葛亮掐指一算，说将军将来能当帝王，不过是要三分天下。后来果然如此。我们魏国从没人能够算出，你说就刘备住的地方都没有，还有我们武帝都已经在中原一统了，谁能相信这人能够当帝王？刘备自己都不相信。刘备当时红着脸说，先生没有说错吗？诸葛亮大手一挥说，没有问题，将军以前是没遇到我，现在不同了。刘备后来去跟东吴打了败仗，临死前这刘备说，先生看我娃可以辅佐，您就辅佐，不能辅佐，您就自己当皇帝。这事在咱们魏国听着就像哄孩子的故事。你看咱们武帝拼斗了一生，不就是要把皇位传给他儿子吗？后来刘备的儿子即位，他们蜀国人连皇帝叫什么都不知道，只知道有个丞相管事。听说这诸葛亮没用五年，蜀国现在丰足富饶。而且这诸葛亮当官不像咱们一样，能多娶几个老婆，多弄几斛粮食。武帝那时候曾对我父亲说，你跟着我，你看我老婆多，我不会亏待你，你也好好干，多娶老婆，你看我青青子衿，悠悠我心，无忧无虑，享受一生，不枉我们骑马在沙场拼斗流血。我父亲那时候便拼了命为武帝在沙场征战。

但诸葛亮这人简直不像是人，毫无破绽。老婆就一个，家里吃的穿的还得自己干。这人对想办法怎么弄点钱怎么多弄几名美女毫无兴趣，整天只知道让国家怎么富了，兵器怎么更锋利了，军队怎么更猛锐了。我们遇到这人来攻，很难对付。

第五十一言　败马谡

诸葛孔明

大军攻至天水，魏国诸县响应投降。我得知魏帝曹睿派张郃带领五万人马来祁山抵御。张郃是曹操手下最懂战术的大将，尤以巧变著称。而只要在街亭守住来军，张郃便不能救援。而且以逸待劳，魏军处于劣势。

我问诸将，谁可领前军抵住张郃?

马谡自告奋勇。诸将中有人反对说，先帝说马谡从未带过兵。

我心中想我正是要历练人才。马谡平常极合我意，就像我从南阳出山时从未带过兵，但熟知兵事不过几月而已。

我便同意让马谡前去，我叮嘱马谡敌方皆是骑兵，我军分散守住扼要，抵挡来军前路。街亭势高地险，正好对付张郃。

马谡欣然前去，我便领大军前往天水安抚民众。到了翼县，县中百姓推着一名青年来。此人是魏国官吏，官至中郎将，管理郡中军事。

我问他，你为何来降?

他说，我本不愿，但已被人怀疑，回不去了，不得已只好归降。

我说，你可愿意归附大汉，剿灭篡汉之魏贼？

他点点头。此人便是姜维，字伯约。推着他的百姓说此人十分有才略，我便提了几个问题，此人对答如流。

我心中十分高兴，心想又得了一名年轻俊杰。我便写信给留在成都相府的参军蒋琬等人把这人推荐给朝廷，告诉蒋琬先让此人教习几百步卒，然后带给朝廷，以后安排要职。

不久，消息传来，马谡在街亭大败。我犹如晴天霹雳。我对自己说依我判断，马谡本断然是不会败的。

而街亭大败，魏军不久便会袭来，魏国派善战的大将曹真从陇右领兵增援。而此次出祁山的成果已经功亏一篑。我安慰自己说，没有什么可以成功得如此之快。

我于是攻破西县，把西县的千余人家迁回汉中。张郃率兵来追，我并不惧怕，蜀军在前线撤退稳健。张郃率前军攻打，并没占得便宜。张郃便抓紧派人收复失去的三郡。

大军撤退的路上，我看到一支军队虽然是溃败撤退，但几乎没有损伤。我问，这是谁的部卒？

来人告知说是赵云的手下。

我得知赵云亲自断后，自己护送士兵撤退。赵云骁勇善战，马上功夫极其了得。我便把大军留余的物资赏赐给赵云，赵云将这些钱粮赏赐给自己的步卒。我看了心中极是敬佩。

大军撤退汉中，马谡带领的人马全部折损。百姓丧失了子弟，惨不忍睹。

我想我第一次统军伐魏，不知对方虚实，心想要多带人马。而多带人马着实无用，伤及百姓，劳民伤财。

马谡和副将王平等逃回后，我才得知马谡违反军令，不听王平劝阻，把大军扎营在高山上，而非扼守魏军前路。等魏军包围了街亭，断绝了水源，马谡军心大乱，全线溃败。

而按照军令，悖逆帅令者必是死罪。而大军出师不利本就悲惨，又要斩了大将，

于是众人落泪，场面惨壮。马谡流泪说，自己不听军令，已经醒悟，请丞相按律行事。

马谡与我在荆州益州多有来往，他实在像极我的影子。而律法无情，我想起死去的关羽张飞刘备孟达等人，他们始终败给了自己，马谡也是这样。我心中不忍。

马谡被斩后，有人对我说，马谡是名人才，当今国家正是用人之际，丞相杀了马谡正是让敌人高兴，何故如此。

我说，我等将来能够取得天下，靠的便是要律法严明。律法严明则自己所向无敌，我们怕的不是敌人强大，而正是自己懈弱。

斩了马谡后，我提拔了副将王平。王平对我说他不识字，恐怕担不得要职。我说，你虽不识字，但比某些识字者更堪大任。

马谡失败，虽然是他违反军令，但我用人之错则不能免。我给朝廷上表请求贬三级，朝廷不知该怎么办。一位大臣提议说，丞相便说如何就应如何，他要这样，就给他这样吧。

朝廷于是下令将我贬为右将军，代理丞相。

此年，我在军中省兵简将。我说，我用不着那么多猛将。旁人之所以依靠猛将，因为不懂得治军用兵。只能依靠猛将勇猛来激励三军。蜀军治军严明，人数虽少于魏军，但大军如灵动的猛虎，作起战来每一个士兵都为这整师如虎添翼。我于是在兵法上写道，有制之兵，无能之将，不可以败；无制之兵，有能之将，不可以胜。

我在定军山演练八阵图。我对自己说，从此以后，我的大军便不会再败。

我从汉中回到成都，见到月英和诸葛瞻。家中有很多人陪着月英，我却觉得她只剩下了诸葛瞻。我看了看诸葛瞻说，这孩子长相十分俊美。月英爱护着孩子，同样高兴。

我对她说，我以后要长居汉中，前线兵事无人可比我做得更好。当今蜀汉太弱，我必须如此。

月英轻声说着，知道了。只是你在汉中要照顾好自己，你要去务兵事，定然是很劳碌。

我说，我自会如此。

自孩子出世后，我便与她的话愈来愈少，她看似只是专注于那孩子。我们二人平平淡淡，我每忙碌，便极少见她。但心中挂念，看着身边的一草一物便会显现她的影子。

此年冬天，我得闻陆逊在前线打败了魏将曹休，于是率军出陈仓。

陈仓守将郝昭拒不出战，我便令军士以云梯地道等攻城。陈仓城池坚固，是闻名的险地。我领人搭高填土以求从城墙上突破敌军，但敌军奋勇抵御，我军无法突破。我无法让将士们拼力攻城，因为攻城伤耗极大。自从刘备大败后，这蜀国军队每一个士兵都不能再行枉死。

我估摸着张颌的援军就快到了，而我带的二十日粮食也快用尽，于是大军撤出陈仓。

第二年，吴国孙权称皇帝，我派人赶去祝贺。两国达成盟约，盟约上写着魏国的土地一半是蜀国的、一半是吴国的。这孙权极是风趣，在盟约书上只是提到诸葛丞相如何如何在蜀汉德威并施。

我看后笑笑并未在意。

不久，我得到徐元直孟公威的消息。两人在魏国升了大官，孟公威官至右中郎将，御史中丞相，而徐庶已经病卒。徐庶自投奔曹操后，便默默无闻。魏国的人都说他是不忘刘备恩情，不愿意为曹操出力。我想起以前说过他只可以做到郡守而我要做丞相，他们听了当然很不高兴。但我心中想，我说你们可以做郡守已经实属抬举。他们便也知道我对之真诚，不会虚情假意吹捧于他。

但他就这样离开了，从没看见过自己想看的天下，一生所学都没有用处。自从徐庶离开后，我从未看见过比他做事更有胆略的人。我的一生所见之人不下几十万众，与之相交的人不下数千，与我亲近的人不下数百，但我再未见过如他那样的人。如果不是敌我，我倒情愿徐庶在魏国得到重用，因为他同样爱这天下每一处江山。我喃喃说，魏国真是良士颇多，徐庶这样的人才都不见用?

自马谡败后，我便每每亲临前线指战。建兴七年，我派大将陈式攻破武都和阴平二郡。雍州刺史郭淮派兵来救，此人颇有智略。我率队出建威，击破郭淮，保住了武都和阴平。

第二年秋天，我得知魏国商量后觉得自己皆连失利是因为不够主动。魏国皇帝

派了三路人马前来，司马懿从西城，张郃从子午谷，曹真从斜谷，统领三十万大军前来。我笑笑说，我小小蜀国则把魏国最精悍的统帅战将全部动用，这不知给东吴孙权省了多少事情。我于是加紧做好汉中防御。

我要李严调兵马前来。李严对我说，司马懿对他说如果他投降可以封他做大官。

我苦笑一下，没人可以如我这样真心对这国家。

我于是加封李严为骠骑将军。

我心中对魏军想，你等不知我蜀军的厉害。我自是只怕你不与我决战，而我不论你是否如曹操那样将战船连锁或者如先帝刘备那样百里连营，我从来都要以少胜多。

我在前线布置战术，并亲自查看兵器。弓弩防守和抵御骑兵十分有力，我于是花了四天制成了可以连发的弓弩，士兵们便称是诸葛连弩。

大军积极防御，但魏国来军突然遭逢大水，不能来了。我想他们心中失望，不知我也是极为失望。我于是派魏延等主动深入羌中，大破魏后将军费曜、雍州刺史郭淮等人。

第二年，我对自己说，不能这样一直小胜，魏国远强于蜀国，小胜便等于不胜。而从现在来看，魏国还不甘心，与其主力决战的机会还有很多。

我于是筹划战局。而要想持久作战，必须有足够军粮。军粮乃一军之要，我每逢作战，军粮从汉中走运山路，实在不便。我无法在前线待足够长时间，将士们必须因为军粮一尽就要返回。

我望着崎岖的山路，想起鲁国公输班的巧夺天工。我笑笑，幸亏我是个什么都学的人。公输班可以做到的木车马，我同样可以做到利于这山路运粮的车马。

两个月后，我造出了木牛和流马，两种各有用途，使运粮极为便利。

我笑笑说，等以后回了成都，我可以用这流马载着月英。

不久，曹真病重，司马懿接替统帅一职。魏国皇帝对他说，现在贼人诸葛亮进犯，除了你无人可以抵挡。

我想起在襄阳与他晤面的场景，而今，终于成为一决高下的敌手。

我得知司马懿来了，便分兵一路继续攻打祁山，亲自率军迎战司马懿。郭淮等人从背后偷袭，但这些人自以为的偷袭一到我这里便恰恰是进了埋伏。郭淮等人大败。此时麦子成熟，我于是领军抢收麦子。

我与司马懿军对峙，击破其前军。司马懿果真是谨慎的人，立即扎下营来，不再轻易出动。我得知司马懿的人对他说诸葛亮是孤军深入，应该进攻。司马懿对他们说，诸葛亮用兵奇诡百出，不能硬拼。

我于是故意率军退后，司马懿又率军前来，来了便扎下营寨。我派人到阵前挑战，司马懿仍旧坚守不出。司马懿的手下讥笑他畏蜀如畏虎，而司马懿假装生病，充耳不闻。我想此人定是要拖垮我，他已经及时得知了蜀军的厉害。可惜只是此人，如果是他的手下硬要出来挑战，魏国再有百万兵，我也不惧。

不久天连下大雨，在蜀负责调运粮草的尚书令李严劝说我回朝。大军没有了粮草，便不能再打，我只得撤军。

大军便撤，司马懿还派人来追。司马懿趁着大军即将撤退，发动攻势。一仗下来，司马懿大败。蜀军斩获敌甲首三千级，玄铠五千领，角弩三千一百张。

我在车中笑笑说，我的大军即使后退，敌人仍然无法取胜。

不久之后，有人来报，说司马懿又派人跟来。我想此人定是不甘心就此败退。

大军退至木门道，张郃率人来追。大军齐发连弩，我想，曹操手下的名将张郃就要丧命于此了。

张郃被射杀后，全军欢呼。这位昔年曹操最为倚重的大将之一就此陨落，也终于平复了街亭马谡因他而死的败辱。

大军见到李严，这人竟说，军粮充足，为何返回？

李严又听说我斩杀了张郃，对朝廷禀报说，丞相故意返回，引诱张郃来追，从而擒杀了张郃。

我见李严语无伦次，调查清楚是因为贻误了军粮，然后蒙蔽朝廷。而他又定是知道我素来公正严明才前言不搭后语。

我想此人屡次做出悖逆之事，已不再适合担任要职，我于是给朝廷上表将其废为庶人。

我总结与魏军交战的前后，司马懿无法胜我，与我交战更是不敌。如果统帅依然是他。我日后北伐必有大患。他知道我运粮艰难，必定坚守不出，以此拖垮蜀军。我想要北伐成功，必定要与之长期相持，他既不能胜我，我便有机会找出他的破绽一举将其擒灭。而想要与他长期相持，我从来都只是缺的军粮。解决军需，我必要在前线屯兵种粮。

两年后，军粮充足，我便又决定前去北伐。

第五十二言　相之殒

诸葛孔明

出发前，我看了看月英和诸葛瞻。瞻儿是从第一次北伐出生，至今已经八年，他已经八岁了，他像是懂得很多事情。他长得聪慧可爱，他对我说想做父亲做过的军师将军，那可以带很多兵，很威风，月英已教会他作很好的画。

他只是八岁，就懂得这么多世俗。将来如何勤勉学习。而不勤勉学习，如何成为国家栋梁？

我对月英说，我每次前去，魏国的人都不敢出来，他们人多势众，但是交战必败。他们的统帅是司马懿，我以前跟你说过。他在魏国如我在蜀国，皇帝把统军大权都交给他。这人在魏国以能够出奇策闻名，孟达和关羽都是死于他手。但是他见了我，便没有什么奇策。因为我不是关羽，更不是孟达。他躲在营中，被他的手下讥笑。但是他只是不敢出。我这次让士兵在前线屯备军粮，我便不会再因为军粮不够的事情而返回来。与他长期相持，总不怕他一直躲着。只是我长久不能返回来，教导瞻儿的事情由你多多效劳。他长得极为俊秀，十分像你。

月英牵着孩子送我到门口。

我回头看见月英脸颊上的嫣红。她握着孩子的手，我想那孩子的手定是十分温暖的罢。

我在行军途中给大哥诸葛瑾写信，信中写道，今瞻已（经）八岁，聪慧可爱，嫌其早成，恐不为重器耳。

大军到达前线，我派军占据武功。我心中想司马懿知道我要占据武功，却不知我要上五丈原。

武功乃扎营要地，但五丈原的北原则能兵连北山，隔绝陇道。蜀汉军在此处连兵，便可使魏军无法防守。

大军到达北原，司马懿军已经在筑垒防守。我得知魏军刚到，我心中想，此人虽然醒悟极慢，但至少不属庸才。

两军在五丈原对峙。成都来信说，孙权已派兵十万在合肥配合北伐。

我心中听了并不欢喜，因为自始至终我想要做成事情从不能依靠别人。

不久我得知消息，魏国皇帝曹叡为了安抚司马懿专心对抗蜀国，派兵两万增援，自己则亲率大军迎战孙权。

我派军挺进，司马懿和郭淮坚守阻挡。

我便故意率军攻取散关等地，然后等着司马懿来追回师与其交战。

司马懿仍旧坚守不出。

我正在帐中批审公文，有人通报司马懿捎来一封信，信中只字不提战事，他只是说你们蜀国投降魏国的黄权，此人品德堪称绝伦，魏国皇帝已经封他做了大官，黄权在我们魏国总是提起诸葛公，从早到晚，赞不绝口。我们对黄权说，你投降了魏国，诸葛亮一定杀你全家，你还这么夸他。黄权拍着胸脯说，诸葛公决不会这么做。

我看后微微一笑，只是回了一句，请让过去在襄阳的老朋友杜子绪替我向老友孟公威致意。

七月，天气炎热。我派人向司马懿挑战，司马懿坚守不出。

我便派人去阵前叫骂，叫骂的人说，大汉丞相诸葛武侯领兵剿灭篡汉的魏贼，魏贼速速出来送死。

司马懿仍旧不出，只听得他手下的大将在营门上哇哇乱叫。叫了一阵，过来几个兵，把那喊叫的大将抬了回去。

去阵前叫骂的人愤恨着回来，禀告说，丞相，司马懿仍旧不战，只有他的麾下挺不住。

我便挑选了几个擅长辱骂的人前去继续辱骂。

六万人马每天消耗粮草。我在营中处理国务政事，汗如雨下。我突然腹中隐隐作痛，而实在痛得厉害，便去榻上休息。军中的医者看过之后神情复杂。

我在夜晚军营中想着自己还有很多事情无法做完，而这夜晚实在太长。

半个月后，我的腹中终于不再阵阵作痛。我出去营帐，看那天上的云彩，只觉得云朵绵软，似要将我吞没。

我看着周围忙碌的营寨，几个木牛流马搁置在一边。一些用于传递信令的飞灯整齐地摆放在营外。

八月，粮食就快要没了，屯兵的粮总是及不上军需。我不知道自己是否该回去汉中抑或是仍旧这样返回成都。

负责辱骂的人每日都趾高气扬从敌营回来。我见这样不是办法，除了能增长士气之外别无他用，于是派使者去司马懿的营中。

回来的人如是禀报说，小人告诉他想让他战，小人甚至对他说我汉军号称十万，但只有六万，你们几十万就出来战吧。司马懿就是不谈这事，他只是问丞相的情况，他问小人丞相每天吃多少饭，小人如实说丞相每天只吃三四升米。司马懿对小人说，吃得这么少，怎么能撑得住呢？他让您多吃点。

我对出使敌营的人道，你且对我说司马懿的原话。

那人犹豫了一下说，司马懿说您吃这么少，能活得长久吗？

不久，我得闻魏国皇帝派了叫辛毗的人做军师，此子对司马懿的任务只有一条，就是拼死拦住司马懿出阵作战，汉军在阵前叫骂，司马懿便要嚷着出去战，他的手下便不能再说什么。司马懿一要嚷着出去，辛毗就拿着仗节往门外堵住司马懿。

司马懿在营中吼得震天响，大喊，让我出去战，让我出去战，他们这样骂我。

原先看不起他，认为他不敢战的手下都立即转为了同情他。

辛毗拿着仗节大喊，你要敢违陛下军令，就一棒打死。司马懿的手下慌忙拼死拦着司马懿。

姜维对我说，皇帝派了辛毗来，司马懿不能出去战了。

我笑笑说，此等伎俩太过幼稚，司马懿若是想战早就战了，况且将在外，君命有所不受，此二子无非配合稳住其军心而已。

八月已有秋意，司马懿仍旧坚守不出。

军粮就快没了，我皱起眉望着营外，喃喃说，司马懿躲在窝里，怎么就像女人一样。

我令人到百姓家中找了妇人的衣饰。我对人说把这个送去给司马懿，告诉他，大汉丞相诸葛武侯说魏国的统帅只是躲在窝中四门不出的女人。让他以后就穿这个吧。

秋风骤止，凉意无限。我腹中之痛又袭来，众将都十分悲戚。我想，我就要死在这里了吗？我还有太多的事情要做。我还有月英和八岁的诸葛瞻，我还有从不会打败仗的蜀军。他们是可亲的蜀人，他们会做这世上最厉害的阵法，八阵图。

我给诸葛瞻写信。我在信中写道，君子之行，静以修身，俭以养德。非淡泊无以明志，非宁静无以致远。非学无以广才，非志无以成学。

我给朝廷上表若我有事，后事交付蒋琬。我告诉朝廷我家里还有八百株桑树，还有很多肥沃的田地。我的家人可以以此为生，用不着花费国家钱粮。我不知该对月英说些什么，我想我死了就不要把我埋在成都了。我爱兵事国事远胜过爱她，我只可以埋在定军山上。

我最终笑笑说，蜀国只是一州的弱国，曹魏占据九州，只能够对我防守而已。

我对众将说，我若死了，你们就退兵吧。

不久，朝廷派了李福过来探望病情。李福问我，丞相百年之后，国家后事交给谁呢？

我道，蒋公琰。

李福问，蒋公琰百年之后呢？

费文伟，我道。

李福问，费文伟以后呢？

我已经听不见什么了。我看见外面和煦的风吹着，我在心里对月英说，有一个地方也算不坏，所有人都会去那里，那里就像我在南阳草庐待的那样，你不用担心。你知道我最爱诸葛瞻，但是只得去那里了，你便在这里替我陪他。你总是听话，我和你在这世上的一切，就像我看中了天下，真心对待天下，天下就没有辜负我。

第五十三言　梦不悟

诸葛孔明

诸葛亮死后，他的妻子黄月英不久也死了。我知道那是为什么，可惜他们还有一个孩子，就如诸葛亮小时候一样，从小便没有了父母。但我待在魏国，就像没有根的草，不知要飘到哪里去。我想，反正就是活着。我那时为什么要当侠客呢？我听了胡孔明的话。为什么又要去管这天下呢？就如我不喜欢曹操，曹操笑嘻嘻地看着我，对我说，你老娘没事。

我在黄初年就死了，孔明一定这样以为。我瞒过了朝廷，朝廷得知后对我并不追究，曹丕说，既然老东西要死，那就在史书上给他写上。然后曹丕派人找到我，对我说，朝廷知道你那次暴病之后没死，但是没事，当今皇帝比以前更贤明，你那时就不愿意做官，武帝要让你做，你现在可以不做了，朝廷的史书上就说你死了，你没什么话说吧。

我说，我没话。

然后他们在史书上写着诸葛亮的事情。他们不愿意刘备是把诸葛亮请出来的，而且请了三次诸葛亮才出来。他们就写成诸葛亮亲自上门找刘备，找了三次，刘备才愿意收留诸葛亮。

我想要替孔明看看以后的日子。我想起公威那时候要离开荆州回老家去，孔明不愿意他离开，就对他说，我们从没看过盛汉的场景，你不想看看吗？

公威说，我怎么能让汉朝强盛呢？

孔明说，你怎么不能？只要你愿意，你这样是能的。

公威说，你不要觉得你能就说我也能，你能，我不能。

但孔明始终没能做到，他是这个时代不同于所有人的人。他娶媳妇之后，我去看他，我其实心里挺中意他的那个女人。但我没对他说过，我问他，以后还娶吗？

他便非常生气。

他死后，他们蜀国的百姓为之恸哭，以至于乱了他们的朝廷礼秩。魏国的人得知他死后，他们再无大敌，然而他们也只能说，这样的人才我们大魏也没有。他们的君王都在心里说，我要是有这样的臣子，我平复天下还有什么可愁的呢？

我回到了陆浑山，见到了司马懿的师父胡孔明。对他说了说诸葛孔明。胡孔明连连唏嘘。

诸葛亮死后，司马懿靠着装病夺取了朝政。装病实在是他的强项，大魏便变成了司马家的。这个天下没有人是司马懿的对手，我想你孔明只可惜遇到了这样一个人。他们提到司马懿的时候，总是说，这个人很有能耐，连诸葛孔明也奈何不得他。

而全天下都在传诵孔明的故事。有一次我看到一个人写的《孔明杂话》，我去读了之后，发现他写的诸葛孔明在南阳住的地方，那地方层峦叠嶂，仙雾缭绕，还有很多童子伴着孔明。孔明则穿得仙风道骨，胡须悠长。我上去连连说，不是这样的，怎么可能这样？那人瞪了我一眼。

我想再过几年孔明就要成为神仙了，而他就是那样一个人。他被天下人所有人称为千古难有的智者，天下所有人却忽视他的勤勉和他的真诚。

人们都说，孔明要再活几年，就能取天下了。可惜死得太早，死得太年轻了。

人们都说，孔明平了天下会礼乐大兴。

还总是有些不喜欢他的人说，他总是拿自己与管仲相比，他能比得过管仲吗？看看他的天下，国号枉称汉，其实不就一个蜀汉？再看看他的战绩，几次出马都败了，还葬送了自己，你再看看人家韩信，暗度陈仓，一下子就带兵过去了，另外这诸葛亮能不能用一下奇策啊，他怎么比得过司马懿呢？

我一开始不厌其烦地对他们说，你懂不懂兵法，兵法上说五则攻之，十则围之，大魏几十万人马，孔明只是十万，还远道而来，又缺粮草，司马懿只能坚守，无法取胜，而孔明来去自如。自古以来都是强国侵犯弱国，可你看看大魏。而韩信时候，中原如何比得粮草丰足良士颇多的大魏？

过了几年，敬仰孔明的人满街都是。司马懿到了蜀国去，也特地交代，这是武侯的墓，兵卒不能进去。他让敌人敬仰至此。

又过了几年，蜀国愈来愈腐败。我看那些人坐在茶楼里说，我便也听着。

蜀国的大将姜维整日只知道征伐。他和孔明不一样，他们无法像孔明那样看清很多事情。竟然如同后汉的皇帝一样，刘备的儿子也开始听信宦官，沉溺酒色。大权都交给了宦官，姜维甚至不敢回朝，蜀国的百姓愈加怀念孔明。孔明死后他们恸哭，就好像他们可以预见没有了孔明他们就会食不果腹。连魏国的大臣也道，诸葛亮苦心经营的蜀国，这些人只知道糟蹋。

我想，诸葛亮在世的时候，他知道自己国家弱小，他总是力争国事无微不至。而他一死，这些人不仅不知珍惜，而且只知祸害。

诸葛亮的儿子有像他一样的脾气，他为国战死，也得到了敌我的敬仰。

蜀国投降的时候，蜀主刘禅已经五十多了。刘备的儿子在魏国荒淫了二十多年，被封为安乐公。司马懿的儿子司马昭问他，想不想蜀国。刘备的儿子都已不知道该怎么回答。他恐怕很多年都没回答过旁人提出的问题。他回答说，乐不思蜀。有一个大臣告诉他不能这么说，这样会被人笑话。那大臣教了他几句，他又学了大臣的话来回答。司马昭又问他，你怎么又变口了？刘禅还诚实地告诉司马昭是他的大臣教他的。

蜀国灭亡后，我也老得不像样子了。我觉得能够去见孔明了，我会对他说，你们蜀国已经亡了，不过这天下也有意思，曹操当年作为大臣那样对朝廷，现在他的臣子也这样对他们曹家的朝廷。你要看开些，你遇到的司马懿是一个开国之君，而你只是卧在地上的龙而已。你们蜀国是腐败之后才亡的，你要看开些，因为腐败和清明差别只是一点，生存和覆亡也只是差一点。就像这世界上所有的一切，在人的言行中，对和错也都只是差了一点。我还记得你那时说过的天下，你只做到了天下的一州，但你要知足，就像孟公威说的人不能活在梦中，你的梦只是你自己的。你一死去，梦便醒来。